VEREDAS

Ganymédes José
A Ladeira da Saudade

3ª edição
São Paulo

Ilustrações:
Lúcia Brandão

MODERNA

© GANYMÉDES JOSÉ, 2012
1ª EDIÇÃO 1983
2ª EDIÇÃO 2002

 MODERNA

COORDENAÇÃO EDITORIAL Maristela Petrili de Almeida Leite
EDIÇÃO DE TEXTO Carolina Leite de Souza
COORDENAÇÃO DE PRODUÇÃO GRÁFICA Dalva Fumiko
COORDENAÇÃO DE REVISÃO Elaine Cristina del Nero
REVISÃO Mari T. Kumagai
COORDENAÇÃO DE EDIÇÃO DE ARTE Camila Fiorenza
PROJETO GRÁFICO Camila Fiorenza
ILUSTRAÇÕES DE CAPA E MIOLO Lúcia Brandão
DIAGRAMAÇÃO Michele Figueredo
PRÉ-IMPRESSÃO Helio P. de Souza Filho, Marcio H. Kamoto
COORDENAÇÃO DE PRODUÇÃO INDUSTRIAL Wilson Aparecido Troque
IMPRESSÃO E ACABAMENTO Gráfica Star 7
LOTE 797322
CÓDIGO 12079666

Dados Internacionais de Catalogação na Publicação (CIP)
(Câmara Brasileira do Livro, SP, Brasil)

José, Ganymédes, 1936-1990.
 A Ladeira da Saudade / Ganymédes José. —
3. ed. — São Paulo : Moderna, 2012. —
(Coleção veredas)

 1. Literatura infantojuvenil I. Título.
II. Série.

ISBN 978-85-16-07966-6

12-05482   CDD-028.5

Índices para catálogo sistemático:
1. Literatura infantojuvenil   028.5
2. Literatura juvenil   028.5

Reprodução proibida. Art. 184 do Código Penal e Lei 9.610 de 19 de fevereiro de 1998.

Todos os direitos reservados

EDITORA MODERNA LTDA.
Rua Padre Adelino, 758 - Belenzinho
São Paulo - SP - Brasil - CEP 03303-904
Vendas e Atendimento: Tel. (11) 2790-1300
Fax (11) 2790-1501
www.modernaliteratura.com.br
2025

Este livro é para todos os jovens — de corpo ou de espírito — que ainda acreditam que o romantismo é a maior riqueza da alma.

Sumário

1. Uma garota que sonhava de olhos abertos, 7
2. O confuso mundo dos eus, 13
3. As dores de cabeça de dona Flávia, 20
4. A tia que andava igual a um pato, 26
5. Preparativos otimosupermaravilhosos, 34
6. Voo rasgando o azul, 42
7. A cidade-presépio de torres de igrejas, 49
8. O sobradinho do Beco da Lapa, 56
9. As Tetetês, 63
10. Gonzaga e Dorotéa, 71
11. O teatro de fantoches do Grupo Pedra-Sabão, 79
12. Quem é Dirceu?, 88
13. Porque você, Marília..., 94
14. A Ladeira da Saudade, 102
15. O amor é uma realização que leva tempo, 111

16. Uma grande história de amor, 119

17. Cantando e namorando a lua no céu negro, 128

18. Meditações e linhas escritas numa carta, 133

19. Um cinzento dia de chuva, 144

20. Caminhando devagar, mãos nos bolsos, 149

21. Encontro junto ao chafariz, 155

22. Os céus da antiga Vila Rica, 162

23. O sangue negro de Aleijadinho, 167

24. Heróis da terra de horizontes mais bonitos do Brasil!, 176

25. Leve-me nas asas do seu amor, 182

26. O sobrado ficou mais alegre, 188

27. Agora, este é um país livre, 193

28. O abraço no boneco de Gonzaga, 202

29. Os filhos pensam que os pais são quadrados, 208

30. Em direção às terras das Minas Gerais, 219

1.

Uma garota que sonhava de olhos abertos

O ônibus parou no ponto da esquina. Com a brecada, o pessoal encurralado foi para a frente e voltou para trás.

— Licença, licença! — pediu ela ao homem gordo que mal podia mover-se, tão apinhado estava o coletivo.

Por fim, ela conseguiu saltar. Cinco da tarde do verão de janeiro; lá fora parecia geladeira porque dentro estava igual a um forno. Depois, fechada a porta, o ônibus vermelho e branco seguiu o caminho.

O movimento de carros na avenida era grande. Ela precisou ficar na esquina à espera de que o sinal verde abrisse. Dezesseis anos, morena magra, cabelos compridos, macios como seda, tinha olhos pretos e nariz atrevido.

— Oi, boneca! — brincou um rapaz de camiseta.

Lília virou o rosto e ficou olhando para o sinal que continuava vermelho. Será que até o sinal demorava, para irritá-la ainda mais? Já não chegava Marcos César, aquele filhinho de papai?

Finalmente, o sinal verde acendeu, e ela atravessou correndo. Sim, estava irritadíssima! Marcos César não passava de um criançon, de um careta que não sabia o que queria da vida. Na véspera, ele tinha telefonado convidando-a para um cinema. Depois de muito pensar, Lília acabou topando, porque na tarde do dia seguinte não tinha o que fazer e as férias estavam uma chatice. Então, quando chegou a hora, vestiu uma camiseta olímpica, enfiou-se nas calças desbotadas, pôs uma sandália, pegou a bolsa e saiu. Enfrentar o ônibus já havia sido a primeira prova. Por que não fazia logo dezoito anos para ter seu próprio carro?

Pois bem, depois de um ônibus superlotado, apeou na Paulista, quase em frente ao cine Bristol. Marcos César estava esperando-a na entrada. Beijinhos no rosto, eles atravessaram a galeria, puseram-se na fila para retirar as entradas. Marcos César estava caladão. Ela perguntou o que era. Ele despejou a verdade: havia brigado em casa, o pai jogou-lhe na cara que estava cansado de dar-lhe mesadas e, portanto, não tinha um tostão no bolso. Lília não ligou, ela mesma comprou os ingressos.

Mas nem dentro do cinema ele parou de reclamar. Quando passou um desconhecido e olhou para ela, Marcos César implicou dizendo que ela dava bola pra todo mundo. Ao terminar o filme, os dois se pegaram em discussão. Ele acusando-a de cabeça-oca, namoradeira. Ela chamando-o de irresponsável, de filhinho de papai, que não tinha coragem para assumir-se. Depois, havia tomado aquele ônibus entupido e...

As ruas vazias e assombreadas por árvores frondosas devolveram-lhe a tranquilidade. A multidão deixava-a nervosa; por isso, detestava ir ao centro da cidade.

Um pardal passou voando baixo. Lília viu uma criança jogando bola no jardim, e um pequinês latiu quando ela passou. Tinha os olhos tão pretos e latia tão fanhoso que a menina não pôde deixar de rir.

Mais adiante, a rua bifurcava e formava uma ladeira. Lugar sossegado. Muitas árvores nos pomares dos casarões elegantes. A calçada cimentada tinha, junto ao muro recoberto por hera, uma faixa onde pendoavam as vermelhas coroas-de-cristo. Ela escutou uma cigarra ensaiando o cântico e, com isso, o coração bateu mais leve. Lília, então, diminuiu os passos para melhor apreciar o sol filtrando-se através do vaivém das folhas empurradas pelo vento. Semicerrando os olhos, viu a claridade transformar-se em mil pontos estrelados, que emprestavam um movimento mágico ao mundo.

"Indo e vindo com a brisa de verão, meu coração bate e confessa, como a cigarra sonolenta: 'Estou cansado... estou cansado!'" — pensou ela, lembrando-se dos versos que havia escrito em seu diário dias atrás. Lília gostava de poesias, adorava as longas horas de meditação e, mais que ninguém, amava a natureza.

Outro ponto de atrito com Marcos César! Ele sonhava em ser engenheiro nuclear, só falava de ciências exatas, dizia ser uma burrice gastar a cabeça com a poesia, com a natureza, com as flores e com a alma. Para ele, a única coisa importante era o dinheiro. Talvez, por isso, vivia mal dentro de casa, brigando com os pais porque a mesada diminuía toda a vez que o preço do dólar subia...

Encolhendo os ombros, ela apressou os passos e virou na esquina próxima.

A casa ficava escondida atrás de um muro de pedra forrado de avencas. Ali, uma placa dourada: *Dr. Rui Muniz — médico*. Lília tirou a chave da bolsa, abriu o portão e entrou. Lá dentro, um outro mundo. Ela reconhecia cada árvore, cada flor. O quintal crescera com ela, pois o pai havia mandado plantar as árvores. De quem tinha Lília herdado o amor pela natureza? Do pai, naturalmente! Pois a mãe, sempre que olhava para as plantas, era para criticar, dizendo: "Se eu fosse você, Rui, mandava cortar todas essas porcarias e cimentar o chão. Árvores só servem para jogar folhas no chão e dar trabalho para a limpeza!". Dr. Rui dava uma risada e nem respondia. Adiantava contestar o espírito árido da mãe, igual ao do Marcos César?

Pulando e sacudindo o rabinho cortado, aproximaram-se dois foxes.

— Ei, parado aí, Pitanguinha! Sossegue, Mirabel! — disse ela, dali a pouco, entrando na cozinha com os dois cachorros no colo.

— Lília, não deixe esses bichos lamber o seu rosto que sua mãe não gosta! — desaprovou Alice, a empregada magricela.

Lília fez que não escutou. Alice era um robô da mãe, falava exatamente tudo o que a mãe ordenava, era pontual como um despertador. Uma boa pessoa, porém. De cabelos grisalhos, mulata, olhar doce, trabalhava para a família desde o nascimento de Lília. Isso queria dizer que conhecia a menina como a palma da mão, isto é, não adiantava bronquear, porque Lília continuaria deixando os cachorrinhos lamber seu rosto.

— Cadê mamãe?

— Ela...

— ... foi fazer massagem para perder os dois centímetros de celulite na cintura! — emendou Lília, soltando os cachorros.

— Não caçoe de sua mãe, sua malcriada! — disse Alice, fingindo-se zangada.

— Eu não estou caçoando. Estou só dizendo a verdade e isso não é crime algum! Sabe o que vou fazer agora, Alicinha do meu coração? Tomar um banho de duas horas. E, se o Marcos César telefonar, diga a ele que morri.

Saiu correndo para a sala, enquanto Alice movia negativamente a cabeça. Dali a pouco, Lília voltou a aparecer na mesma porta por onde tinha saído e acrescentou:

— Não, não diga que morri, não. Diga só que eu não quero ver nunca mais a cara dele em minha frente! A desculpa é cafona, mas serve. Diga que não quero ver esse sujeito... nem pintado de ouro!

Dando uma piscadinha, subiu correndo a escada para o quarto.

2.

O confuso mundo dos eus

Lília estava deitada na cama coberta por uma colcha estampada com girassóis. Ela adorava o amarelo, a cor do sol, a cor do fogo. Por isso, em seu quarto, desde o carpete às cortinas, o ouro-velho era o tom dominante. Nas paredes, bege-claro, enfileiravam-se três *posters* de antigos astros do cinema, pois Lília era vidrada em cinema. Ao lado da cama, uma estante tomava quase toda a parede da esquerda. Ali estavam seus discos, álbuns, livros e um moderníssimo conjunto de som. Às vezes, ela curtia música moderna, mas, quando o seu amarelo ficava turvo, preferia os clássicos, que a ajudavam a sair da depressão.

Baixinho, estava tocando o *Concerto número 23*, de Mozart.

De bruços, as pernas dobradas para cima, ela mordia a ponta da esferográfica, enquanto olhava para o diário aberto sobre a cama. No alto, a data e o dia da semana. Abaixo, havia escrito: "Tarde de sol, bem depois das seis e meia, um calorão danado. Por que a vida é tão *difícil?*".

Após haver grifado a palavra *difícil*, Lília mordeu mais forte a esferográfica como se forçasse uma resposta.

De repente, tocada por uma súbita inspiração, foi escrevendo e dizendo em voz alta:

"Em meu coração jovem há tantos caminhos que não consigo percorrer! Por que sou assim tão contraditória? Agora estou triste... agora estou alegre... Aqui estou radiante mas, ali adiante, sou toda lágrimas! Por que não sou sol-amarelo-calor-e-luz? Por que não aprendo a caminhar sem ter destino até o encontro dos braços que me amem? Braços que me aqueçam... braços que tirem de mim todo o sol que tenho para dar ao mundo!".

Mozart era excelente para ajudá-la a encontrar caminhos, no escuro poço de seu universo. Chopin também.

— Os artistas devem ter conhecido esta angústia que estou sentindo agora — disse, pensativa, fechando o diário. — Ó Cecília Meireles, por que você não vem me ajudar a entender este meu coração maluco?

A melodia chegou ao fim e, com um salto, ela desligou o aparelho. Exatamente quando a porta era aberta, e Alice apontava:

— Sua mãe...

— ... mandou dizer que o jantar está na mesa. Ei, Alice, você viu?

— Viu o quê, Lília? — perguntou a empregada, surpresa.

— A cintura de mamãe. Ficou mais fina? Ela já pode concorrer com as vedetes, rebolando nos programas de televisão?

— Ora, que falta de respeito! — ralhou a empregada, fechando a porta, enquanto Lília caía na risada. Em seguida, emendando um suspiro, deu uma olhada no espelho. A mãe não gostava que se sentasse despenteada à mesa. Aí, deu um beijo no urso azul--descorado em cima do criado-mudo.

— Adoro você! Você é o único que me entende nesta casa! — assim dizendo, saiu, fechou a porta e desceu.

A escada era forrada com passadeira grossa, ninguém ouvia os passos de quem subisse ou descesse. O pai, sentado, lia o jornal. O televisor estava ligado, sem som.

15

— Oi! — cumprimentou ela, dando-lhe um beijo na testa. Depois, afundou-se no sofá e, pegando uma almofada, abraçou-a. — Ressuscitou muita gente hoje, papai?

Dr. Rui dobrou o jornal, esticou o braço e passou-o sobre o ombro da filha. Sorriu. Olhou-a de perto.

— Você sabe que seu pai é obstetra. Portanto, é muito difícil ressuscitar... *gente*!

— E nenês não são gente? Quando eles nascem antes do tempo, não é preciso colocá-los na incubadora? Isso não é ressuscitar?

O médico respirou fundo.

— Deve ser fantástico ver nascer um nenezinho de sete meses pouco maior que a mão da gente! — disse Lília, os olhos brilhando. — Como é que uma coisinha dessas pode ficar "destamanhão"? — e olhou para o próprio corpo.

— É isso mesmo que eu sempre me pergunto! — concordou o pai. — Você também, quando nasceu, era pouco maior que a minha mão e, agora, está... "destamanhão".

A filha sorriu. O pai era jovem, bonitão, moreno de cabelos ralos, com entradas, o que lhe dava maior charme. Tinha olhos negros — e os olhos ela havia herdado dele. A pele muito clara tomava um assombreado pela barba escura que ele cortava todas as manhãs.

— Pela segunda vez aviso que o jantar está na mesa — disse a mãe, surgindo no vão da porta. — Vocês gostam mesmo de comer comida fria, não é?

O sorriso morreu no rosto de Lília, que se endireitou no sofá.

— Quantas vezes tenho de repetir para você parar com essa mania de abraçar almofadas como se fossem bonecas, Lília? — criticou dona Flávia. — Você já está com 16 anos, não é mais uma criancinha, precisa ter boas maneiras!

— Vamos jantar — propôs o pai, levantando-se.

Lília foi atrás. Não sentia fome. De repente, tinha-lhe voltado a mesma dor de estômago que sentira depois de brigar com Marcos César. Por que a mãe lhe provocava essa sensação? A mãe era linda — Lília não negava. Tinha longos cabelos castanho-claros, finos, olhos castanho-esverdeados e um rosto nobre; o par perfeito para o pai. Mas por dentro a mãe não era bonita! Para Lília, todas as pessoas tinham dois *eus*: o *eu* de fora, o físico, que todo mundo vê, e o *eu* de dentro, o invisível, que só aparece quando as pessoas são honestas, espontâneas, dedicadas... como acontecia com o pai. A mãe, ao contrário, nunca deixava transparecer aquele *eu*. Ou será que o *eu* de dentro dela era mesmo mandão, exigente, determinado? Podiam existir pessoas bonitas por fora e feias por dentro? Talvez pudesse, porque Lília conhecia pessoas extremamente feias, porém com um *eu* interior maravilhoso!

— Que complicação! — murmurou a garota, sentando-se.

— O quê? — perguntou a mãe.

— Nada, nada, eu estava falando comigo mesma...

Jantaram em silêncio. Alice trazia os pratos, levava os pratos, e Lília acompanhava com os olhos. Já estavam na sobremesa, quando a mãe resolveu abrir a boca.

— Marcos César telefonou há meia hora — disse em tom de acaso.

— Prefiro não falar desse assunto, mamãe — respondeu Lília, afastando o prato.

— Não sei por que essas brigas! — insistiu dona Flávia. — É um rapaz tão educado! E tem mais: é de boa família. Ele vive dizendo que há de ser um famoso engenheiro nuclear, e eu não duvido que consiga!

— Que bom para ele!

— Você, quando quer, sabe ser cínica! — observou a mãe com um olhar reprovador.

O pai olhou para ambas. Aquela olhada fez com que Lília refreasse a língua. Procurando controlar-se, respondeu:

— Mamãe, Marcos César pode ser um rapaz maravilhoso, lindo de morrer, sei que todas as meninas desmaiam por causa dele; além disso, nasceu em berço de ouro e talvez venha a ser mais importante que o jogador de futebol mais bem pago deste país. Mas, apesar de tudo isso, mamãe querida, eu não quero mais ouvir falar dele!

Atrapalhada, dona Flávia olhou para o marido.

— Meu Deus, por que essa decisão trágica?

— É que cheguei à conclusão de que ele não faz a minha cabeça, e fim!

— Posso trazer o cafezinho? — aparteou Alice porque, conhecendo a família como conhecia, se não entrasse na conversa, sabia que a coisa complicaria.

— Sim, traga, por favor — concordou Dr. Rui.

Lília, porém, não quis café. Primeiro, olhou para o pai. Depois, para a mãe. E, pedindo licença, retirou-se para o quarto. Não queria ouvir nem conversas, nem críticas, nem conselhos. Queria apenas ouvir a música de Mozart e ficar sozinha, curtindo as suas divagações.

3.

As dores de cabeça de dona Flávia

Deitada na rede branca de algodão, Lília lia um livro e tomava refresco. Para não ter de ficar segurando o copo, ela deixava-o no chão e tomava o refresco por um comprido tubo de plástico. Assim, podia ler tranquilamente e, de vez em quando, beber um golinho.

O livro era de Jorge Amado. Quando chegou ao fim do capítulo, naquela tarde quente de começo de fevereiro, Lília fechou o livro e ficou olhando para um pedaço de céu azul.

— Os gênios não deviam morrer nunca! — disse, estalando os dedos para Mirabel, que, sem esperar o segundo convite, pulou na rede.

Nisso, o telefone tocou. Mais que depressa, Lília endireitou o corpo. Aquela campainha a deixava com os nervos à flor da pele. Na terceira tocada, ouviu que Alice entrava resmungando na sala.

— Já sabe, hein? — gritou Lília da rede. — Se for Marcos César, eu não estou em casa!

Revirando os olhos, a empregada pegou o fone e emitiu um alô contrariado. Sim, era a voz masculina que Lília não queria escutar. Alice deixou que o rapaz falasse por alguns minutos e, depois, arrematou:

— Não, ela não está, não sei aonde foi nem a que horas volta!

Lília pôs a mão na boca para segurar a risada, pois, quando mentia, Alice fazia uma cara muito feia. Segundos depois, carrancuda, a empregada desligava o telefone:

— Sujeitinho malcriado, me bateu o telefone na cara!

— Na cara, não: no ouvido, Alice — respondeu Lília. — Viu só como ele é? E, depois disso, você ainda quer que eu namore um cara desses?

— Eu não quero coisa nenhuma! — Alice empinou o nariz. — Você é quem sabe de sua vida, não eu! — e voltou para a cozinha.

O relógio da sala continuou tiquetaqueando. Dali a pouco, ouviu-se um ronco de automóvel. Era dona Flávia que entrava com o carro novinho em folha, cinza-pérola, estofamento claro. "Mamãe nasceu para usar coroa!" — pensou Lília, acompanhando o movimento do carro até estacionar. "Por que ela não é tão bonita por dentro como é por fora?"

Em seguida, dona Flávia entrou pelos fundos, passando pelo alpendre onde Lília estava. Elegantíssima em um vestido cor de champanhe, sapatos e bolsa claros, o penteado impecável. Lília forçou um sorriso:

— Oi, mãe, estava boa a festa?

— Uma droga! Oh, que dor de cabeça...! Lendo?

— É, passando o tempo...

— Vou tomar um comprimido e cair na cama — disse dona Flávia, desaparecendo pela porta.

Lília continuou olhando para aquela direção. Por que não conseguia sorrir descontraída para a mãe como sorria para o pai? Era difícil! Entre ela e dona Flávia havia uma barreira. Quando Lília tentava rir franco para ela, tinha medo, sentia-se ridícula. Por que a mãe também não ria largo para a filha? Elas pareciam duas sombras com medo de se cruzarem.

Chateada com aqueles pensamentos, Lília tentou concentrar-se na leitura, mas não conseguiu. Aí, o telefone tocou de novo.

— Eu não vou atender! — gritou Alice, lá da cozinha. — Não quero mentir pra mais ninguém!

— Também não atendo porque não quero falar com ele! — respondeu a garota cruzando os braços.

O telefone continuou tocando, tocando, fino, irritante. Até que, abrindo de supetão a porta do banheiro, dona Flávia saiu irritada, pisando forte:

— Vocês duas estão surdas? Por que *eu* que tenho de atender ao telefone? Será que não tenho nem filha nem empregada?

Ergueu o fone, colocou-o no ouvido e, ao reconhecer a voz do outro lado, a expressão serenou. Com os olhos fechados, foi respondendo mais com acenos de cabeça do que com palavras:

— ... sim... sim... amanhã de manhã? Ótimo! Rui vai esperá-la no aeroporto. Não, não é incômodo nenhum, será um grande prazer, claro. Até logo!

Depois de desligar, dona Flávia dirigiu-se até a cozinha.

— Alice! — disse, decidida. — Vamos deixar bem claro que nesta casa a empregada é você. Isso significa que *eu* não quero mais atender telefonemas, entendeu?

Alice, porém, não era de escutar sermões. Botando as mãos na cintura, rebateu:

— Pois fique a senhora sabendo que eu não gosto de mentir!

— Mentir?

— Aquele tal de Marcos César quase derrete essa droga de telefone, tocando de cinco em cinco minutos, e a Lília não quer conversar com ele. Então, eu tenho de mentir, dizendo que ela não está em casa!

Ouvindo aquilo, as têmporas de dona Flávia latejaram ainda mais. Dando meia-volta, foi até o alpendre, onde Lília continuava se balançando na rede.

— Vamos acertar definitivamente um ponto, Lília — disse, enérgica — ou você conversa com o Marcos César a respeito desse namoro ou...

— Eu já acabei com *esse* namoro! — declarou a filha, cortando a frase da mãe. — Você também já sabe disso. Então, que mais quer que eu faça? O Marcos César continua telefonando, telefonando, não tenho mais nada para conversar com ele!

— Os Santamaria são gente fina, educada, de tradição. Será que você não entende, menina?

— Entender o quê, mamãe? — desafiou Lília, fechando o livro com um estrondo. — Gente fina, educada e de tradição devia saber aceitar um não, que diabo!

— Não seja grosseira, Lília!

Lília coçou a cabeça e respirou fundo:

— Mamãe, por favor, não vamos discutir! Você está com dor de cabeça, e você mesma vive repetindo que eu sou a *outra* dor de cabeça de sua vida. Por favor, entenda: eu não quero mais nada com o Marcos César, por mais fino, educado e importante que ele seja. Já falei isso diretamente, mas ele não quer me entender!

Por alguns momentos, dona Flávia continuou de pé, imóvel. Estava pálida, mordia os lábios, abria e fechava as mãos nervosamente. Depois, levando as mãos à testa, começou a gemer.

— Estou mal... estou me sentindo muito mal... minha cabeça vai arrebentar...

Lília sabia que era pura chantagem. Quando não conseguia impor sua vontade por meio da força, dona Flávia sempre apelava para alguma encenação daquele tipo. Quando criança, Lília ficava impressionada e cedia. Mas, com o passar do tempo, tendo compreendido as artimanhas, Lília parou de ceder.

— É melhor você deitar-se e descansar um pouco, mamãe — sugeriu a filha, sem levantar-se da rede. — Tome um bom analgésico que, à noite, você estará nova em folha. Não se esqueça de que hoje à noite tem o aniversário na casa do Dr. Mangabeira!

Ao ouvir aquilo, dona Flávia olhou firme para a risadinha da filha. Sim, sim, tinha passado horas no cabeleireiro preparando-se especialmente para a festinha e não podia, agora, permitir que uma simples dor de cabeça arruinasse todos os seus planos.

Desapontada pela derrota, dona Flávia virou nos pés e desapareceu enquanto, suspirosa, Lília dava beijos na Mirabel.

4.

A tia que andava igual a um pato

Tia Ninota chegou às nove da noite do dia seguinte, conforme combinara, por telefone, com dona Flávia. Dr. Rui e a esposa foram ao aeroporto de Cumbica esperá-la. Quando viu o carro entrando, Lília desceu a escada pulando. A casa estava toda iluminada. Na cozinha, Alice acabava de ferver o leite.

— Eles estão chegando! Eles estão chegando! — falou Lília, toda assanhada, olhando pelo vitrô.

— Já escutei, não sou surda! — declarou a empregada secamente.

Dando meia-volta, Lília atravessou a sala de jantar, onde a mesa estava posta, e correu até o alpendre, onde viu o carro apagando os faróis. Abriu-se a porta, e Dr. Rui apeou da direção. Do outro lado, dona Flávia descia e ajudava tia Ninota.

— Obrigada, minha filha! — agradeceu a tia, colocando os pés no chão. — Depois dos *quarenta*, é bom a gente estar sempre perto dos jovens...

Era baixinha, magra, de rosto tão redondo que parecia feito a compasso. Olhos pretos, vivos, cabelo curto, ondeado, grisalho, vestido simples, de tecido grosso, meias, sapatos ortopédicos, salto médio, pés abertos como se o equilíbrio dependesse daquela posição. Andava marchando igual a um pato com o traseiro arrebitado. Lília começou a rir e teve de fazer força para ficar séria quando a tia se aproximou.

— Minha querida! — exclamou tia Ninota, abrindo os braços. — Como você cresceu! Como está bonita!

Lília deu-lhe beijos nas bochechas. Depois, os olhinhos vivos a examinaram melhor.

— Cada vez mais linda, cada vez mais linda esta garota! Aposto que anda fazendo disparar o coração de muito garotão por aí, não é?

Em vez de responder, Lília olhou para a mãe, e dona Flávia suspirou como se dissesse: "Você ouviu *isso?*".

Entraram. Lília abraçando a tia pela cintura, o médico carregando a malinha, e dona Flávia abanando-se. Depois de a tia haver ido ao banheiro, assentaram-se à mesa para a refeição.

— Não precisavam ter-se preocupado — disse ela. — Serviram um bom lanche no avião.

— A que horas a senhora saiu de Belo Horizonte, tia? — quis saber Lília, analisando melhor, à luz, as feições da tia-avó. Era a única tia sobrevivente do Dr. Rui e, portanto, tia indireta da menina.

— Acho que às oito, se não me engano. Ora, este meu relógio de pulso anda tão maluco quanto a minha cabeça! — comentou tia Ninota, dando uma olhada no relojinho. — Você ainda não conhece o novo aeroporto de Belô, o de Lagoa Santa? Menina, é a coisa mais linda que já vi em toda a minha vida, um moderníssimo conjunto de granito e vidros, que até parece coisa de outro planeta! Você vai ficar vidrada!

— E como vai a capital dos mineiros, titia? — perguntou o médico, achando graça na animação da visita.

— Cada vez mais linda! — respondeu a velha, servindo-se de sopa.

Lília calou-se e continuou olhando, observando a tia, que gesticulava animadíssima como um dínamo. Apesar de ser a única tia que possuía — pois seus pais não tinham irmãos —, Lília não topava muito a velha. Na verdade, considerava-a implicante, aquele tipo de pessoa que, quando tem algo a dizer, não manda recados: vai pessoalmente.

No dia seguinte, Dr. Rui saiu cedo para o hospital e, às nove horas, dona Flávia levou tia Ninota até o médico que, de três em três meses, dava-lhe uma checada no coração. A casa ficou, pois, vazia, e Lília dormiu até as dez.

Os dois carros chegaram ao meio-dia: primeiro o de dona Flávia e, atrás, o do Dr. Rui. Tia Ninota estava muito falante. Pelo jeito, o resultado dos exames devia ter sido satisfatório, porque ela se mostrava mais animada do que na véspera. Na verdade, tratava-se apenas de um exame de rotina porque, anos atrás, tia Ninota tinha tido uns pequenos problemas cardíacos.

O almoço transcorreu alegre. Eles conversaram animados e às duas horas, enquanto a tia e dona Flávia repousavam, o médico voltou ao serviço.

Aquela tarde, Lília havia programado ir até o *shopping center* para comprar um disco e assistir a um filme. Para isso, lá pelas três horas, aprontou-se, pegou a bolsa e desceu. Alice estava na cozinha, e a empregada que passava roupa três vezes por semana tinha acabado de chegar.

— Vai sair sem tomar café? — perguntou Alice, preocupada.

— Vou comer uns doces por aí — respondeu Lília. — Avise mamãe que fui ao cinema, tá?

A empregada encolheu os ombros, e Lília saiu. O passeio daquela tarde deixou-a alegre, despreocupada. Verdade que pensou algumas vezes em Marcos

César. Mas cada vez afastava mais o pensamento, raciocinando que era melhor ser livre do que ter um namorado complicado daqueles. Ela divertiu-se bastante, o filme foi uma comédia, e o disco que comprou era da Gal. Fazia tempo que sonhava com ele. Quando chegou em casa, já ao entrar, Lília percebeu que havia alguma coisa errada. Alice, que adorava fofocas, foi logo despejando tudo:

— Menina, você teve uma sorte em ter saído que nem imagina! Sabe que assim que você virou as costas dona Cláudia veio visitar a sua mãe?

— A mãe do Marcos César esteve aqui? — perguntou Lília, admirada. — Uai, o que ela queria?

— Por acaso você pensa que eu fico atrás das portas escutando a conversa dos outros, menina? — perguntou a empregada, ofendida.

— Acho, não, eu tenho certeza porque já vi muitas vezes — afirmou Lília.

— Bem... eu fico mesmo! — concordou Alice, coçando a cabeça. — Dona Cláudia disse que o Marcos César está muito abalado por causa da briga entre vocês, não quer sair de casa... o médico falou que é esgotamento nervoso.

— Oh, esgotamento nervoso com aquele tamanho, com aquele corpo? — repetiu Lília. — Eu posso imaginar muito bem o que as duas falaram de mim! — dizendo isso, só faltou despejar fogo pelos olhos.

— Alice, prepare-se, porque *vai* subir um cogumelo atômico nesta casa!

— Menina maluca, o que você vai fazer? — perguntou a empregada, tentando segurar Lília pelo braço.

— Eu vou tomar umas certas providências — respondeu Lília, atravessando a porta. — Pode ficar atrás da porta para escutar tudinho!

A empregada suspirou, revirou os olhos e, como era de seu costume, foi mesmo encostar o ouvido na porta para saber o que ia acontecer.

Saiu uma briga daquelas! Em nome da boa educação, dona Flávia exigia que a filha fosse fazer uma visita a Marcos César.

— Não precisam falar em namoro — insistiu. — Trata-se apenas de uma visita a um amigo doente, e não há nada de mais nisso!

Lília, porém, não concordava. Agarrada ao disco, teimou, explicou, insistiu que uma visita não adiantaria nada. Muito ao contrário, só complicaria as coisas. E, como a mãe não cedia aos argumentos, a menina acabou gritando:

— O dia em que Marcos César estiver com esgotamento nervoso... minha avó é bicicleta de três rodas! — e retirou-se correndo para o quarto enquanto, na cozinha, Alice fazia sinal de benfeito.

Trancando-se no quarto, Lília jogou-se na cama e cobriu a cabeça com o travesseiro. Bufava indignada. "Por que a mãe achava que tinha o direito de controlar-lhe a emoção?" Pouco a pouco, escureceu. Lília não percebeu, pois continuou com a cabeça escondida debaixo do travesseiro.

Lá pelas sete, ouviu batidas leves à porta do quarto.

— Vá embora, não quero conversar com ninguém! — gritou ela.

— Sou eu, seu pai. Preciso conversar com você, Lília. Abra a porta...

Dr. Rui não costumava fazer discursos como dona Flávia. Então, pensando nisso, ela se levantou e abriu a porta. Viu o pai de pé com uma expressão tranquila. Sempre que o via daquele jeito, Lília sentia-se envergonhada. Sentando-se na cama, abraçou-se ao travesseiro do jeito que a mãe implicava.

— Já sei — disse ela, assim que o pai sentou-se a seu lado —, ela contou tudo a você, não contou?

Passando-lhe o braço sobre os ombros, o pai puxou-lhe o corpo contra o dele.

— Escute, Lília, quero fazer uma proposta a você...

— Se for para visitar o Marcos César...!

— Não é nada disso. Você devia passar uns dias em Ouro Preto com tia Ninota. O que acha da ideia?

— Ouro Preto? — perguntou ela, admirada.

— É. Você está em férias, não conhece Ouro Preto e podia distrair um pouco a cabeça. Aqui dentro, você vive como um passarinho engaiolado. Por que não aproveita?

Ainda sob o impacto da surpresa, ela começou a pensar. "Seria ótimo ficar um pouco longe das implicâncias da mãe e dos telefonemas de Marcos César & Família. Teria sossego, por que não? Além do mais, ia curtir novas amizades..."

De repente, porém, ela torceu o nariz.

— Seria uma boa se... tia Ninota não fosse tão implicante!

Dr. Rui caiu na risada:

— Sua tia não é implicante, Lília, nem vai pegar no seu pé. Tia Ninota é apenas uma pessoa franca, honesta, costuma dizer tudo o que pensa. Para falar a verdade, entre ter um amigo falso e um inimigo franco, eu prefiro o inimigo franco porque posso confiar nele. Além do mais, tia Ninota *não* é sua inimiga. Daí, você teria nela uma amiga franca, mesmo que pareça chata ou implicante. Não é uma boa?

Lília pensou um pouquinho. Depois, abraçou forte o pai.

— Papai, por que todos os pais do mundo não são como você? Você é *otimosupermaravilhoso*! — e pregou-lhe um beijo na testa.

5.

Preparativos otimosupermaravilhosos

Quando o despertador tocou, às cinco da manhã, Lília travou-o. Ela já estava acordada fazia tempo. A emoção da viagem havia-lhe tirado o sono, só conseguiu dormir depois da meia-noite e, assim mesmo, um sono agitado.

Acendendo a luz, trocou de roupa e fechou as malas, que havia preparado na noite da véspera *sem* a ajuda da mãe. Coçou a cabeça.

— Será que peguei tudo o que vou precisar? Acho que sim. Tenho de aprender a me virar sozinha. Se faltar alguma coisa, compro em Ouro Preto.

Escovou os cabelos e pegou a malha de lã meia-estação. Depois, deu um beijo no ursinho descorado em cima do criado-mudo.

— Tome conta direitinho do meu quarto enquanto estou fora, viu? Tchau, meu querido. Vou sentir saudade de você...

Em seguida, desceu para a sala. Estava escuro lá; porém, na cozinha, viu a luz acesa. Surpreendeu-se ao ver tia Ninota coando café.

— Oi, tia, a senhora tomou o lugar da Alice?

— Dei folga para ela — respondeu a tia, dando uma olhada. — Está pronta?

— Estou...

— Pegou as roupas direitinho?

Lília fez que sim, intimamente pensando: "Será que vão parar os interrogatórios da mamãe para começar os de tia Ninota? É dose!".

Pouco depois, Dr. Rui descia. Meio rouco, meio resfriado. Dona Flávia não desceu — mandava um beijo para a filha e desejava-lhe boa viagem. Lília achou que assim era melhor, facilitava as coisas.

Depois do café, os três seguiram para o Aeroporto Internacional de São Paulo, em Cumbica, Guarulhos.

O sol estava começando a despontar no céu azul, a cidade já se mostrava movimentada e, junto aos pontos de ônibus, as pessoas bocejavam, sonolentas. Lília acompanhava empolgada o passar das ruas e das avenidas. Assim, de repente, ela se viu na avenida marginal do Tietê, logo entrando na Rodovia dos Trabalhadores, ao longo da qual enfileiravam-se fábricas umas atrás das outras. A paisagem só se tornou mais verde ao entrarem na rodovia para o aeroporto.

Lília notou extensas áreas ajardinadas de ambos os lados, atestando como aquela via de acesso era paisagisticamente bem cuidada. Quando viu o aeroporto, afinal, com os aviões estacionados na pista como um bando de gigantescos pombos brancos, seu coração disparou! Que beleza! Se tia Ninota havia comentado que o aeroporto de Belo Horizonte parecia um monumento, o de São Paulo não lhe ficava nada atrás com suas arrojadíssimas linhas modernas, tão compridas que ele parecia desaparecer na perspectiva da distância. Pelo que a garota sabia, da praça da República até ali a distância era de 32 quilômetros, mas de carro, e feliz como estava, a corrida parecia ter demorado apenas um minuto.

O voo estava marcado para as sete, havia muita gente aguardando outros voos. A fila de táxis parados parecia uma gigantesca cobra contornando a calçada. O médico entregou as malas ao carregador.

— Acho que estamos adiantados, ainda são seis e vinte — disse Lília.

— Eles pedem para estarmos no aeroporto uma hora antes — declarou tia Ninota. — Sou quase mineira; por isso, prefiro chegar cedo do que atrasada.

Dirigiram-se ao guichê da companhia aérea onde uma garota de grandes olhos verdes, em uniforme, atendeu-os, marcando as passagens.

Ela sorriu e, depois, entregou as passagens numeradas.

Tendo Dr. Rui entregue as malas ao rapaz da companhia aérea, este colocou-as em um buraco quadrado na parede onde desapareceram. Estendeu, em seguida, dois comprovantes da bagagem ao médico.

— Guardem direitinho — disse o médico, entregando um deles à filha e outro à tia. — Do contrário, não conseguirão retirar as malas ao chegarem a Belo Horizonte.

Como havia tempo de sobra, eles subiram, através de uma larga escada de granito, até o segundo piso do aeroporto para verem a decolagem e a aterrissagem de aviões. Havia muita gente lá em cima. Era um salão espaçoso, com bancos, que se abria amplo para a pista do campo. Aproximando-se do parapeito, Lília olhou para o céu, observando o sol nascente atrás de uma nuvem. A distância, os contornos das casas perdiam-se no esfumaçado das brumas, pois Cumbica, mesmo em dias muito limpos, é um local frequentemente sujeito a neblina, o que muitas vezes impede a decolagem ou o pouso de aviões. Ventava, e o vento brincava-lhe com os cabelos.

Muitos aviões parados no meio da pista aguardavam o momento do voo. Dali a pouco, estava aterrissando um jato com luz acesa na ponta das asas. Majestoso como um gigantesco pássaro, pousou sereno, no chão e, depois, como um cordeirinho, descreveu um círculo até emparelhar-se com as demais aeronaves estacionadas. Com isso, os passageiros começaram a apear, subindo em um ônibus que os conduzia até o portão de desembarque. Ao mesmo tempo, fechava-se a porta de outra aeronave, que saiu devagar, como um ônibus, trepidando as asas, aparentemente amedrontada. Descrevendo meia curva, dirigiu-se até o fim da pista e, com uma corrida frenética, passou em frente a Lília com um ronco quase de estourar ouvidos e coração. Que subida majestosa para o céu!

— Como é bonito ver um avião decolar! — murmurou a menina, com um largo sorriso. — Dá a impressão de tanta liberdade!

Às seis e quarenta, eles desceram ao térreo e, depois de passarem por várias butiques enfileiradas, chegaram a uma passagem onde havia um elegante funcionário uniformizado. Ali havia um grupo de estrangeiros, com roupas e expressões diferentes. Eles falavam uma língua que Lília desconhecia. A garota estava meio zonza com o vozerio, o vaivém, todas aquelas novidades.

Finalmente, pelos alto-falantes, foi anunciado o voo para Belo Horizonte. Nesse momento, Dr. Rui beijou a filha e desejou-lhe boa viagem.

— Telefono para você assim que chegar lá — prometeu ela.

— Não se esqueça de sua mãe — recomendou o médico, afagando-lhe a cabeça.

Lília fez que sim e acompanhou a tia, que já caminhava por um corredor de vidros que até parecia parte da casa de espelhos do *Playcenter*.

Em uma espaçosíssima sala de espera acarpetada, as duas aguardaram por mais algum tempo. Sentada em uma poltrona de couro, Lília ficou observando os aviões através dos grandes vidros do salão. Havia muitos passageiros, inclusive uma criança chorando. Tia Ninota abanou-se:

— Será que nem hoje vou conseguir viajar sem "música" a bordo? — murmurou irritada.

— A senhora não gosta de crianças, tia? — perguntou Lília, sentando-se mais próximo a ela.

— Gostar, eu gosto, meu bem. Mas prefiro crianças de boca *fechada*.

E sorriu como se perguntasse: "E você?". Pouco depois, um rapaz em camisa branca de manga comprida, gravata e calça azul-marinho anunciou que os passageiros podiam seguir. Imediatamente, as pessoas aglomeraram-se. Tia Ninota deixou para ser a última.

— Este povo cada vez se parece mais com o gado! — suspirou, franzindo a testa. — Parece que todo o mundo perdeu a noção de boas maneiras! Se temos lugares numerados, por que esse empurra-empurra?

Lília sorriu timidamente. Os olhos da tia brilharam.

— Está com medo?

— Não... — respondeu, reticente.

Depois de descerem por uma escada (Lília preferiu a rolante), chegaram todos a uma pequena sala cuja porta se abria direto para o campo. Uma jovem da linha aérea, alta e mulata, segurava a porta fechada, enquanto um rapaz em uniforme comunicava-se com alguém por meio de um radinho portátil.

Quando foi liberada a partida, abriu-se a porta de vidro, e o pessoal apressado saiu em direção ao ônibus, que os aguardava para conduzi-los ao avião. Esquecendo-se da crítica que a tia havia acabado de fazer, Lília saiu correndo para guardar um lugar, que ofereceu à velha.

— Você é mesmo muito esperta! — agradeceu tia Ninota, com uma piscadinha. — Já aprendeu que quem quiser vencer no mundo de hoje precisa chegar na frente, não é? Obrigada, queridinha!

Fecharam-se as portas do ônibus. Lília deu uma olhada nos companheiros de voo: jovens, crianças, velhos, um casal de japoneses. Depois, olhou para fora.

O ônibus saiu e seu coração começou a bater depressa. Tinha falado à tia Ninota que não estava com medo de viajar de avião (não era a primeira vez), mas sentia um frio na barriga. Então, para distrair-se, ficou olhando para o edifício do aeroporto. O lugar onde havia estado ainda há pouco ia ficando para trás... para trás...

De repente, o ônibus parou. O pessoal descia depressa. Quando ela saiu e olhou para fora, sentiu um estremecimento no corpo. Bem de perto, majestosa, em cinza-metálico, a silenciosa aeronave esperava para carregá-la para os ares.

6.

Voo rasgando o azul

As duas foram as últimas a apear do ônibus. Um rapaz uniformizado deu a mão para tia Ninota, que sorriu.

— Obrigada, moço! — agradeceu. — Ainda bem que existem pessoas educadas que se lembram dos velhos!

Por uma escada de ferro estreita e que estremecia ligeiramente, elas subiram ao avião. Lília entrou primeiro, a porta não era muito alta. A comissária de bordo cumprimentou-as com alegria:

— Bom dia, bem-vindos a bordo!

O interior do avião parecia o de um grande ônibus com três lugares de cada lado. As poltronas eram em laranja e verde-musgo estampado, e as janelinhas redondas. Acima dos assentos, o maleiro fechado. Tia Ninota foi conferindo a numeração até chegar ao lugar indicado. Havia um rapaz sentado junto à janela. Ele fez que não viu as duas.

— Já vai começar a encrenca! — suspirou a tia, aborrecida. — Por que as pessoas não se assentam no lugar *reservado* para elas? — e estendeu a passagem diante do nariz do rapaz:

— Meu jovem, por acaso você não aprendeu a ler?

Ele olhou displicente.

— O quê?

— O seu lugar *não* é esse que você está ocupando!

— A senhora insiste em que eu mude de lugar?

— Rapazinho, se estou lhe dizendo que seu lugar não é esse, é sinal de que insisto em que você ocupe o *seu*! É por isso que hoje em dia não existe mais ordem no mundo. Ninguém respeita mais o que pertence aos outros!

Ouvindo aquilo, Lília até fechou os olhos, mas deu razão à tia porque queria sentar-se à janela.

Dali a pouco, acendeu-se o letreiro luminoso recomendando às pessoas que apertassem o cinto. Ao mesmo tempo, começou a soprar oxigênio geladinho do teto, fechou-se a porta do avião, e a aeronave pôs-se a mover pela pista. Engolindo em seco, Lília agarrou-se à poltrona e ficou olhando o edifício do aeroporto, que se distanciava...

O avião descreveu uma curva, os motores roncaram mais forte, mais forte, fortíssimo, até que a aeronave deu uma corrida maluca. Lília sentiu a cabeça ligeiramente empurrada para trás, fechou os olhos e teve a sensação de estar na subida da roda-gigante. Quando olhou para baixo, viu, em questão de segundos, as casas já bem pequenas, lá longe!

— Meu Deus, como ele decola rápido! — disse, espantada.

Começou uma música suave a bordo. Tia Ninota retirou o crochê da bolsa e pôs-se a trabalhar. Lília, então, abriu a sacola de couro e pegou o gravador.

— O que você vai fazer? — perguntou a tia, admirada.

— Quero registrar a minha viagem, tia — respondeu ela. — Há de ser uma boa reportagem! — E, afundando-se na poltrona, começou a falar baixinho:

— Hoje, eu levantei às cinco da manhã para pegar o avião para Belo Horizonte. É um Boeing, um 737 com muitos lugares e superconfortável...

Logo mais São Paulo desaparecia, e o mundo tornou-se de brinquedo, pois lá embaixo as estradas pareciam desenhos feitos a giz onde os ônibus e automóveis corriam devagar... devagar. Os verdes apresentavam tonalidades incríveis, e lagos e lagoas eram puro espelho de prata. O sol já ia alto, e as sombras dos montes faziam manchas escuras, irregulares. Estavam sobrevoando uma região de pequenos montes, que se emendavam um atrás do outro.

— Gostaria de ser um passarinho para sentir o vento batendo em minhas penas — disse Lília, sonhadora. — Os passarinhos têm mais sorte que os homens, não precisam viajar engaiolados em caixas de lata!

Desligou o gravador, pois as comissárias traziam chá, leite, chocolate e café. Lília escolheu chocolate e recebeu uma bandeja coberta por celofane onde havia talheres de plástico, guardanapo, pão torrado, geleia, manteiga, queijo mole, queijo duro, bolachas, açúcar e um delicioso bolo de chocolate com *chantilly* e cereja. Ela devorou tudo e ficou de olho comprido no doce da tia, que não gostava de bolo. Por isso, quando iam recolher as bandejas, Lília, sem cerimônia, esticou a mão e pescou o bolo antes que o levassem embora.

— Você hoje está bem disposta, não está? — sorriu tia Ninota.

— Enjeito pancada, mas doce não enjeito, não! — respondeu a sobrinha, lambendo os dedos. Ah, se dona Flávia visse aquilo...

O voo continuava deliciosamente tranquilo. Agora não se via mais nada lá embaixo, senão o branco interminável do piso das nuvens, pois estavam a 10 mil metros de altura. Uma criança chorou lá no fundo, e a música a bordo continuava... enquanto Lília ia pensando: "O que iria encontrar em Ouro Preto?". Sabia ser uma cidade histórica, patrimônio não só brasileiro, mas também considerada pela Unesco como Monumento Histórico Mundial. Mas como seria a cidade? Lília já havia visto muitos postais, revistas, tinha ouvido falar a respeito das famosas igrejas, do barroco mineiro, do Aleijadinho... "Mas o que era tudo aquilo na realidade?" Uma coisa era ver fotografias e escutar pessoas falando. Outra, bem diferente, era chegar, ver e apalpar.

Dali a pouco, ela percebeu que o avião pendia para a frente. O relógio marcava dez para as oito.

— Já estamos chegando — disse a tia, guardando o crochê na bolsa.

— Que rápido! — admirou-se Lília. — De ônibus são quase dez horas!

— Mas de avião são apenas quarenta e cinco minutos, minha querida! — observou a tia. — Não se esqueça de que estamos viajando depressa como um foguete!

Lília olhou pela janelinha, o sol bateu-lhe no rosto. O avião descia furando as nuvens. Lá embaixo, ela avistou o chão montanhoso, escuro. Diferente do verde de São Paulo. Em Minas, as tonalidades são mais sombrias. Minas possui muitas montanhas de ferro. Seria esse o motivo da coloração diferente?

Pegando o gravador, recomeçou a descrever a paisagem.

O avião continuava perdendo altura. Agora, ela viu fábricas aqui e ali. Aumentava devagar o número de construções enfileiradas em ruas de terra. Mais adiante, começavam as ruas asfaltadas. Estavam, finalmente, sobrevoando Belo Horizonte, a capital mineira! Ali, Lília notou que as ruas eram sinuosas, as casas pareciam as da periferia de São Paulo. Por enquanto, não estava vendo nada de barroco por ali, a não ser a sinuosidade das ruas. O avião prosseguiu descrevendo uma ampla curva para a esquerda. Então, Lília pôde avistar largas avenidas circundando a capital.

— Belo Horizonte é uma cidade nova, ainda não tem cem anos — explicou a tia. — Ao ser projetada, o engenheiro traçou quatro largas avenidas de contorno, e a cidade cresceu dentro dessa moldura. Nesse miolo, todas as ruas são retas, largas, como se fossem traçadas a régua. Mas, depois, quando a cidade começou a aumentar fora das avenidas, veja como o pessoal se divertiu, abrindo ruas tortas que não acabam mais.

O avião perdia mais e mais altura, estavam quase pousando, quando Lília sentiu um ligeiro estremecimento. É que as rodas tocaram o chão, e as coberturas dos motores a jato abriram-se, formando um anteparo que ajudava a frear a aeronave. Com a velocidade bem reduzida, as coberturas foram novamente fechadas. Então, pelo alto-falante, emergiu a voz do piloto agradecendo a preferência do voo e despedindo-se dos passageiros. Pouco depois, imobilidade total, e abria-se a porta.

Mais uma vez, as duas foram as últimas. Tia Ninota seguiu à frente. À saída, a comissária sorridente desejou-lhes um bom-dia. Com isso, elas desceram pela escadinha de ferro e caminharam até o edifício do aeroporto de Lagoa Santa, que, por sua magnificência, deixou Lília de boca aberta. Sim, de fato, tia Ninota não havia mentido; aquela era uma construção de fazer inveja até às linhas aerodinâmicas de Brasília!

Fazia um calorão! Lá dentro, aguardaram o desembarque das bagagens. Havia uma esteira mecânica, giratória, próximo à porta. Ali, eram colocadas as malas, e cada passageiro pegava a sua. Tia Ninota plantou-se junto à passarela e permaneceu vigilante, à espera. Nisso, um senhor baixinho, meio careca, foi chegando, foi pondo o pé na frente, na tentativa de plantar-se diante da tia.

— Desculpe, caro senhor — disse tia Ninota, com um ar de reprovação. — O senhor não é transparente e está barrando o meu caminho. Por acaso não percebe que eu cheguei primeiro?

Desapontado, o homem pediu desculpas e afastou-se, enquanto Lília começava a rir. Bem, tia Ninota era mesmo muito franca e, com sua franqueza absoluta, não permitia que os outros tirassem farinha!

7.

A cidade-presépio de torres de igrejas

O carregador à frente com as malas, tia Ninota atrás e, por último, olhando boquiaberta para todos os detalhes do aeroporto de Lagoa Santa, Lília. Aparentemente, aquele era um edifício ainda mais comprido do que o de São Paulo. Ou não seria? Nem deu para a garota examinar todos os detalhes, pois a tia estava com pressa de pegar um carro.

Táxis aguardavam passageiros. Tia Ninota foi conversar com um motorista e começou uma discussão a respeito do preço.

— Eles pensam que todo mundo é turista! — disse, aproximando-se da sobrinha. — E arrancam a pele, principalmente se percebem que é paulista.

O que eles não sabem é que, pelo tempo que moro em Minas, já sou quase mineira também!

Entraram num táxi marrom e logo rodavam pela avenida que conduz a Belo Horizonte. Como em São Paulo, o aeroporto fica bem distante da capital. Assim, depois de vinte minutos, as primeiras casas foram aparecendo. Afundada no banco de trás, Lília admirava aquele mundo novo, diferente, à medida que o carro ia cortando a cidade rumo à saída para Ouro Preto. Ao passarem em frente ao Palácio do Governo, o motorista olhou pelo retrovisor e, tendo percebido como Lília estava interessada em tudo o que via, pôs-se a conversar com ela.

O céu estava azul, sem nuvens e continuava quente. O carro foi subindo pela avenida, e as construções modeníssimas dos bairros elegantes apareceram encravadas nos morros.

— Belo Horizonte é diferente de São Paulo e do Rio — informou o motorista. — No Rio, são as favelas que crescem nos morros. Aqui, são os bairros grã-finos...

Algumas casas pareciam castelos, via-se todo tipo de arquitetura: telhados pontiagudos, estilo tirolês, prédios de apartamentos, casas de pedra e vidro, sustentadas por colunas de concreto de mais de cinco metros de altura, com jardim embaixo, tudo enraizado no morro.

O carro descreveu uma curva. À esquerda, o paredão escuro da encosta do morro. À direita, Belo Horizonte, mergulhada em uma bacia cheia de pequenas colinas, sobre as quais espalhavam-se irregularmente as casas. Depois de outra curva, eles tomaram a estrada propriamente dita. Pôde Lília observar que as encostas apresentavam, agora, um alaranjado brilhante, em contraste com o chumbo-escuro de alguns pontos de terra — presença do minério de ferro.

Microfone junto aos lábios, ela foi gravando:

— A pista de asfalto não é toda dupla. No fundo de um abismo, onde começa a Serra del Rei, estão construindo as bases de um novo viaduto para ampliar a pista. Menino, como é fundo! Deve medir mais de cem metros; lá embaixo corre uma cascatinha no meio de pedras e de muito verde.

O carro pegou uma descida, e Lília viu que o solo ficava mais escuro, parecia que pesadas nuvens de chuva haviam descido à terra. Ali funcionava a Mineração Vale do Rio Verde, que extraía minério de ferro do coração das sombrias montanhas, cortadas, pela metade, por escavadeiras.

Mais adiante, pela direita, havia uma churrascaria e um motel. Pouco mais à frente, o posto Retiro das Pedras.

Tia Ninota e o motorista conversavam animadamente. Lília continuou gravando:

— Estamos passando diante do Vale do Sol onde uma grande lagoa reflete o céu azul. Como é que as águas conseguem copiar o azul do céu? Isso eu gostaria de saber! Ei, espere, o que estou vendo ali? Parece uma muralha de cedros rodeando muitas casinhas brancas. Poxa, que sossego deve ser lá dentro! O lugar chama-se Xangri-lá.

Eles passaram pela churrascaria Bar-Rigão. O fundo da paisagem era entrecortado por serras em azul-negro que costuravam o horizonte à terra. Pela primeira vez na vida, Lília viu uma roda-d'água (parada) entre duas mangueiras e um caminho de margaridas brancas, tocadas pelo vento, que pareciam um grupo de crianças brincando.

— Aqui é a bifurcação da estrada — explicou o motorista. — Pela direita é o caminho para Congonhas do Campo. Para a esquerda fica Ouro Preto.

Lília esticou os olhos e pensou: "Preciso dar um jeito de conhecer Congonhas também...".

O carro descia mais rápido; logo eles passaram pela Usina Esperança. Pouco depois de uma ponte estava Itabirito, uma cidadezinha crescendo nas encostas do morro e poeticamente esparramada no vale.

— Aqui nasceu um grande técnico de futebol — falou, orgulhoso, o motorista.

— Qual é o seu time favorito? — perguntou Lília.

— Como bom mineiro, é claro que sou do Atlético! — respondeu ele, numa gargalhada.

Pouco a pouco, Lília começou a perceber que as cidades mineiras eram diferentes das cidades paulistas. Em Minas, tanto as casas quanto as igrejas tinham outro estilo: linhas curvas, muitos arabescos, telhas grandes e escuras, enquanto em São Paulo as linhas eram retas e modernas. Em Minas, ela teve a impressão de estar mergulhando em um livro de histórias, com as cidadezinhas no vale e as igrejas sempre em um ponto mais alto, como se dissessem: "Lembre-se: estou aqui vigilante e firme!".

À esquerda do caminho, viu uma comprida cachoeira branca, descendo por uma longa pedra escura e lisa. Parecia pista de patinação. Pouco depois, o carro passava por Cachoeira do Campo.

Transpondo o rio Maracujá, atravessaram o viaduto Fanuk, perto de uma mineração. Ainda que de concreto, o viaduto apresentava pontos de ferrugem. — É que — explicou o motorista — a terra, rica em minério de ferro, provoca aquelas manchas até no concreto.

— Já ouviu falar da Ferrovia do Ferro? — perguntou o motorista conversador ao passarem diante de uma mineração escura onde até as árvores participavam de um bailado negro. — É deste chão que sai o minério de ferro, que o trem leva para o mar, para exportação. Minas é também a terra dos minérios!

Conforme a incidência do sol, na terra negra brilhavam punhados de estrelinhas. Em certos pontos, os barrancos se transformavam em pura prata. Metros adiante, eram de um ouro tão brilhante que eles tinham de fechar os olhos. De repente, a paisagem e o tempo mudaram. Uma estranha e sinistra neblina ocultou o sol.

— Brrrrrr! — fez tia Ninota, esfregando os braços. — O clima de Ouro Preto parece o da São Paulo antiga: garoento, mesmo no verão.

Soprava um ventinho frio e úmido, e a neblina branca descia do topo das altas montanhas. Encantada com tudo aquilo, Lília encheu os pulmões de ar.

— Preste atenção agora — recomendou a tia.

A estrada seguia reta. A cada lado, uma montanha altíssima coberta de vegetação verde-azulada.

— Parece que estamos entrando em um palco, e as montanhas são as cortinas laterais! — murmurou Lília, encantada.

Verdade. As altas montanhas lembravam pilastras sustentando o céu.

— Chegamos! — anunciou a tia, com alívio. O carro venceu uma pequena distância. De repente, a garota viu, afundada em um vale forrado por um lençol azul-verde-marinho, que subia pela cadeia de montanhas, a cidade-presépio, semeada por suas majestosas igrejas e capelas.

— Meu Deus, que maravilha! — murmurou num sopro de voz. — Até parece que estou entrando em um sonho! O motorista e a tia deram risada.

— Pois espere só até ver *tudo*! — falou tia Ninota. — Aí, sim, você vai ver que Ouro Preto é um sonho de verdade. Aqui não existem nem fadas nem mágicos. Mas, mesmo assim, vai acontecer uma porção de milagres. Porque esta *é* a terra do eterno faz de conta, sabia?

8.

O sobradinho do Beco da Lapa

— Vá devagar, moço, bem devagar! — pediu Lília, pois não queria perder um único detalhe.

O automóvel diminuiu a marcha, e tia Ninota apontou para o morro à frente onde, contra o contorno claro do céu, apareciam duas pedras: a maior era meio inclinada para a frente, parecia proteger a menor.

— É o pico de Itacolomi — falou ela. — Significa "menino de pedra". A menor não parece uma criança sentada?

Lília fez que sim.

— Esse era o sinal para Antônio Dias de Oliveira, o bandeirante paulista, orientar-se, conforme haviam explicado os outros bandeirantes que estiveram aqui — continuou a tia, sempre olhando para a frente. — Eles haviam descoberto ouro junto ao riacho Tripuí. Por isso, o tal de Antônio Dias resolveu também vir procurar o ouro fácil. Era de tarde, quando eles chegaram. Fazia mais frio do que hoje, pleno inverno, véspera de São João do ano de 1698. Pararam junto ao pico por acaso, sem ter noção de onde estavam. Não dava para ver nada, tudo fora coberto pela neblina... ali, pois, resolveram pousar. No dia seguinte, procurariam o tal Itacolomi.

Enquanto a tia ia falando, o nevoeiro dissipou-se, e o sol voltou a brilhar livre naquela manhã do começo de fevereiro.

— Acho que o bandeirante Antônio Dias teve a mesma sensação que acabamos de ter agora, quando olhou ao derredor na manhã do outro dia — suspirou tia Ninota, pensativa. — Sua surpresa foi grande porque, por uma estranha coincidência, eles haviam acampado pertinho do Itacolomi que, na manhã limpíssima, parecia um gigante repousando. E a vista, então? Todo este vale maravilhoso!

— Foi assim que nasceu Ouro Preto? — perguntou Lília, gravando todas as palavras da tia.

— No dia 24 de junho foi fundado o Arraial das Minas Gerais de Ouro Preto e, treze anos depois, o nome seria mudado para Vila Rica — respondeu tia Ninota. — E por que o nome Ouro Preto?

— Alguns anos antes, tinha chegado aqui uma bandeira saída de Taubaté. Quando foi tomar água no ribeirão do Tripuí, um mulato encontrou umas pedrinhas pretas que pareciam granito e guardou-as como lembrança. Essas pedrinhas acabaram chegando às mãos do governador do Rio, um tal de... de... como é mesmo o nome dele? — perguntou tia Ninota ao motorista.

— Artur de Sá e Meneses — respondeu ele, olhando para o pico. — O governador quebrou com os dentes uma das pedrinhas e viu que lá dentro havia... ouro! Aí, espalhou a notícia, e todo mundo ficou maluco para apanhar o tal de ouro preto, que existia à flor da terra. Mas o primeiro a chegar foi mesmo o bandeirante paulista, o tal de Antônio Dias...

— Já vi que nesta cidade até as pedrinhas têm histórias! — suspirou Lília. — Sinto que vou gostar muito daqui.

O motorista esterçou o carro e parou por uns momentos. Olhando para trás, Lília viu um ônibus de turismo estacionado junto a uma construção antiga e baixa, com duas portas à frente. Parecia um rancho de tropeiros.

— É a rodoviária — explicou tia Ninota, olhando para a mesma direção. Agora, o carro atravessava uma praça calçada com pedras irregulares. À direita, via-se o fundo de uma grande igreja. O carro parou novamente.

— É a igreja de São Francisco de Paula — continuou a tia. — Mas vamos deixar o turismo para depois porque não vejo a hora de chegar em casa. Por favor, motorista, toque!

Eles desceram por uma avenida-ladeira, em curva, ao sopé de um morro à esquerda. Passando em frente à Santa Casa, o carro prosseguiu através de ruas tortuosas, estreitas, calçadas com pedras iguais às da praça da rodoviária. Com a cabeça para fora, Lília não parava de admirar as casas, quase todas geminadas, os sobrados de portas altas, janelões, grades, telhados pesados e escuros, calhas, tufos de avencas brotando tímidas entre vãos de pedras, portões, batentes largos, o branco da cal contrastando com o azul-marinho, o verde-folha, o marrom-café das madeiras pintadas a óleo... Uma encostada na outra, as casas pareciam um conjunto de cartas: se você empurrasse a primeira, teria a impressão de que tudo iria desabar. As construções subiam e desciam ladeiras. O piso da porta de uma casa estava na altura do telhado da construção vizinha...

— Meu Deus, neste mundo das máquinas, como pode ainda existir um lugar igual a este? — perguntava Lília, cada vez mais encantada.

O automóvel passou próximo a uma igreja branca com recortes em marrom-avermelhado. As duas torres terminavam por pontas, como agulhas. A escadaria da porta central era protegida por um portão de ferro escuro com apliques dourados.

— Esta é a Matriz de Nossa Senhora da Conceição de Ouro Preto, também conhecida como a Matriz de Antônio Dias — falou tia Ninota. — Agora, vamos, ponha a cabeça para dentro, menina! Não tenha pressa, você vai ter tempo de sobra para namorar Ouro Preto. Moramos aqui pertinho, no Beco da Lapa...

O carro estacionou em frente a um simpático sobradinho branco com portas e janelas azuis. Cada janelão tinha um balcão de ferro à frente, e, na parte de baixo, trabalhava um relojoeiro. Lília já apanhava as malas quando escutou uma voz do alpendre, lá de cima:

— Dona Ninota do céu, que bom que a senhora voltou! Era uma mulher negra, magra, de lenço vermelho na cabeça. Desceu os degraus de pedra meio capengando, atravessou o pequeno jardim lateral e saiu na rua.

— Candinha! — e a tia abraçou carinhosamente a empregada. — Quero apresentar-lhe minha sobrinha Lília, filha do Rui. Lembra-se dele?

— Nossa, ela tá uma moçona bonita de fazer gosto! — Candinha levou a mão ao rosto. — A última vez que a vi foi lá em Belo Horizonte. Ela era um catatauzinho chorão de dois ou três anos, bem me lembro!

— Oi, dona Candinha! — cumprimentou Lília, sorrindo.

— Vamos entrando, vamos entrando que hoje fiz broinhas de polvilho doce. Até parecia estar adivinhando que ia chegar visita — disse a empregada, seguindo para a escada.

Lília subiu correndo os degraus de pedra. O coração batia apressado quando chegou ao alpendre do piso superior, todo circundado por um gradil de ferro pintado de azul. A porta, alta e grossa, era presa a um batente de mais de palmo de espessura e abria-se para uma sala arejada por três janelas que davam para a rua e uma para o jardim. Debaixo desta última, agarrava-se um jasmineiro florido. O perfume das estrelinhas brancas era suave naquela hora da manhã, quase dez. O piso da sala era de tábuas tão largas quanto as do forro, e os móveis pesados, antiquíssimos.

— Até parece que entrei em um filme do tempo dos piratas! — exclamou Lília, acompanhando a empregada para o quarto de hóspedes, o da frente. Deixando as malas, ela correu até uma das janelas e debruçou-se. Lindo! Na perspectiva, a rua perdia-se em curva, e as casinhas emendavam-se em várias cores. Viu placas dependuradas com ornatos de ferro, e alguém assobiou: era o relojoeiro trabalhando no cômodo de baixo.

A cozinha grande e aladrilhada ficava no piso inferior, nos fundos da casa. Para chegar lá, descia-se por uma escada também de pedra. O fogão caipira, vermelho-escuro, deixava escapar uma fumacinha, e a chama da lenha lambia as panelas de ferro. Ao centro, uma comprida mesa com toalha alva e louças brancas, grosseiras. Coberta por uma toalha de crochê, as deliciosas broinhas de polvilho doce ainda estavam quentes. Foi ali que Lília e tia Ninota sentaram-se para um delicioso cafezinho coado na hora, enquanto o gato cor de mel dormia preguiçoso no rabo do fogão.

Lília passou o restante da manhã desfazendo as malas, conhecendo cada cômodo, olhando daqui, mexendo de lá, cheirando as flores do jardim e fazendo mil perguntas.

Almoçaram às onze e meia. Já haviam terminado a sobremesa quando ouviram palmas à porta.

— Deixem que eu vou ver — anunciou Candinha, arrastando as chinelas folgadas e saindo pela porta dos fundos.

9.

As Tetetês

Era uma garota baixinha, de cabelos pretos, crespos e uma franja comprida, eriçadíssima. Usava camiseta, calças *jeans*, tênis e uma bolsa de crochê dependurada ao lado. Miúda, elétrica, olhos acesos.

— Olá, dona Ninota, fez boa viagem? — perguntou, aproximando-se para dar um beijo na velha.

— Tampinha, você caiu do céu! — disse a tia, depois do abraço. — Eu estava mesmo pensando em você para conhecer a minha sobrinha Lília, que acaba de chegar de São Paulo. Lília, essa é a Tampinha, a minha sobrinha "adotiva"...

— "Transmimento de pensassão" — brincou Tampinha, piscando e aproximando-se de Lília. — Quando a minha "tia" Ninota pensa aqui, eu capto a mensagem lá... e obedeço. Como vai?

Em questão de poucos minutos, as duas já se tinham feito amigas. Foi Tampinha quem convidou Lília para um passeio.

— Vamos dar uma volta, tia Ninota — disse, quando a mulher saiu do quarto, meia hora depois. — A gente volta *ainda* hoje, tá?

— Antes das cinco! — retrucou a tia, erguendo o dedo. — A escrita desta casa quem controla sou eu!

— Aqui o tempo não existe — falou Tampinha, quando as duas desciam pela ladeira. — Pelo menos nas férias. Você devia conhecer Ouro Preto no tempo de aulas. Ia curtir muito mais gente. Agora, as repúblicas estão vazias porque o pessoal foi para casa.

— Repúblicas?

— Casas de estudantes. Veja, ali na esquina está o "Hospício". Mais adiante, é a "Estalagem Maldita". Cada um inventa um nome para a sua república. Os mais "pirados" fazem bandeiras e hasteiam, outros pintam brasões... é muito folclórico.

Continuaram descendo devagar até que, virando a esquina, entraram por um corredor de uma casa comprida. Ali, moravam as irmãs Tereca e Tunica. Tampinha foi entrando como se a casa fosse dela, apresentou a mãe das garotas a Lília e, elétrica, dirigiu-se ao quarto onde as duas irmãs estavam lendo. Tunica, de cabelos mais claros, olhos esverdeados e rosto cor-de-rosa, era magra. Tereca, ao contrário, de cabelos e olhos castanhos, gorda, risonha e molengona, devorava uma caixa de bombons. Tunica falava bastante. Tereca só dizia um sim ou não de vez em quando.

Em meia hora, depois de um café coadinho na hora, as quatro saíram para o passeio inaugural.

— Vamos dar uma de turistas, meninas — decidiu Tampinha, com o dedo erguido. — Mostrar à paulista o que é que Minas tem!

— Está um calorão! — gemeu Tereca se abanando. — A gente podia deixar para sair mais tarde...

— Esgotou-se o falatório da lesma reclamona por hoje — suspirou Tunica. — Não podemos andar muito depressa ou a molengona é capaz de ficar derretida por aí.

Razão tinha Tereca em reclamar da hora. E nas ladeiras, então? Quando era para subir, sempre a última, vinha bufando, se abanando, vermelha e suarenta. Quando era para descer, ao contrário, abria os braços e apitava:

— Sai da frente, gente, se não querem que o trator passe por cima!

— Sabe como se chama o nosso grupo? — perguntou Tampinha, subindo devagar uma ladeira.

Lília encolheu os ombros. Não era mole subir aquelas ladeiras, não!

— As Tetetês. Eu explico: Tampinha, Tereca e Tunica começam com T, não começam? Pois, aí está! Ainda bem que seu nome começa com L, porque se não...

— ... ia ficar o grupo das Tetê-tetês! — ajuntou Tunica, caindo na risada.

Naquela tarde, não deu para elas verem muita coisa. Foi mais um passeio geral para Lília ter uma ideia da cidade. Passando pelo Mercado Novo, elas desembocaram na praça Tiradentes. Ali, Lília parou e ficou observando. A praça, ampla, também era calçada com pedras irregulares. No centro, em plano alto, havia o monumento com a estátua de Tiradentes.

— Durante o Carnaval o povão senta ali, no pedestal, e fica observando as pessoas brincando em toda a praça — falou Tampinha. — Veja: lá está armado o palanque em frente ao Museu da Inconfidência. Eles põem os enormes alto-falantes para tocar no máximo... e o povão dança na rua.

Os olhos fixos de Lília estavam cravados no museu, a imponente construção fechando a praça, com a frente voltada para a estátua de Tiradentes. Um casarão de dois andares com oito janelões em cada pavimento, tendo, ao centro, uma alta torre com um relógio. Uma escadaria lateral de pedra conduzia à entrada.

— E pensar que ali, antes, foi cadeia! — suspirou Tereca, coçando a cabeça.

— Aqui também foi praça de vender escravos — ajuntou Tunica, com o rosto mais suado por causa do calor.

— Olhe lá para trás, Lília — sugeriu Tampinha, segurando a nova amiga pelo braço. — Está vendo aquela construção que parece um castelo comprido fechando a praça? Tem até guaritas para sentinelas, projetadas para a frente, vê? Pois, antigamente, era o Palácio dos Governadores. Hoje, é a Escola de Minas e Metalurgia, tem mais de cem anos...

Lília ficou admirando o imponente palácio. Acima e bem atrás dele, em outro plano, via-se um morro protetor, barrando o vento. Para a esquerda, a avenida rumo à rodoviária.

— Já imaginou o palácio todo iluminado quando havia bailes? — perguntou Tampinha, sonhadora. — Damas e cavalheiros chegando de cadeirinha carregada por escravos, de carruagens; os juízes com cabeleira branca, casaca de veludo; as damas de vestido comprido, estilo Maria Antonieta...

— Devia ser um calorão! — xereteou Tereca.

— O calor era tanto que derretia a cola usada para fixar a peruca na cabeça — ajuntou Tunica. — Li isso num livro, uma vez. Já pensaram, ficar dançando com a cabeça melada?

Elas riram. — Vamos continuar pela antiga rua Direita — sugeriu Tampinha. — Era uma das ruas mais movimentadas ao tempo da Inconfidência...

Lília achou curioso os casarões, onde em outros tempos funcionavam tavernas, ferrarias, armazéns, abrigarem agora farmácias, restaurantes, repartições públicas, bares, lojas, butiques, supermercadinhos etc. — o atual em gritante contraste com o antigo. Havia muitos automóveis nas ruas e turistas passeavam de *shorts*, sem camisa, curtindo o sol.

Duas quadras abaixo, elas dobraram para a direita, seguindo pela rua Tiradentes. Perto da esquina da antiga rua das Flores havia um chafariz entalhado em pedra. Depois de lavarem as mãos e o rosto — e Tereca adorou a água fresquinha! — elas passaram por um sobrado todo branco com grades e madeiras pintadas em azul-marinho. No andar de baixo funcionava a Caixa Econômica Federal. Do outro lado, uma vendinha. Uma placa dourada dizia ter sido ali a casa de Tiradentes.

— Só que não era *este* sobrado — explicou Tampinha. — A casa de Tiradentes era de um andar só e foi derrubada depois de sua morte. Dona Maria, a rainha de Portugal, como castigo pelo crime de conspiração, mandou também salgar o terreno para ali não crescer mais nada. O sobrado foi construído depois.

Da janela do sobrado, via-se um morro tão alto que parecia uma muralha engolindo Ouro Preto. Por alguns momentos, Lília ficou olhando para aquela mesma direção, imaginando quantas vezes Joaquim José não teria contemplado a mesma paisagem.

Prosseguindo o passeio, passaram por uma outra construção muito antiga.

— Essa casa tem quase duzentos anos — disse Tunica. — Foi construída para residência de um tal de João Rodrigues Macedo, cobrador de impostos. Mas, como o João não fez chegar às mãos da rainha os impostos que tinha recebido, os portugueses tomaram-lhe a casa. Com isso, o casarão passou a servir de abrigo à infantaria que tomava conta da cidade... Anos mais tarde, foi ampliado, passando a funcionar aí a Casa da Fundição do Ouro. Também foi sede dos Correios. Hoje é o Centro de Estudos do Ciclo do Ouro.

— Quando houve a conspiração mineira para o Brasil se libertar de Portugal, o poeta Cláudio Manuel da Costa ficou preso nesse casarão — ajuntou Tereca, dando mostras de conhecer a história de sua cidade. — De lá, o coitado do velho advogado só saiu morto! Dizem que ele se suicidou, mas outros falam que foi mesmo é assassinato. A verdade nunca vai ser apurada.

Elas atravessaram a ponte dos Contos, ao lado da Casa dos Contos, debaixo da qual corria um riacho estreito. Depois, subiram por uma ladeira curva em direção à igreja de São José, que estava sendo restaurada. Lá dentro, pedreiros retocavam o reboco, trocavam as tábuas carunchadas e refaziam os altares. Dali, subiram uma ladeira reta, acentuadíssima, onde Tereca pôs a língua de fora. Assim, chegaram em frente à igreja de São Francisco de Paula, em cuja torre esquerda havia um relógio. Da escadaria do adro, elas puderam admirar Ouro Preto lá embaixo, tranquila ao sol, em fins do século 20. A paisagem, porém, continuava a mesma de duzentos anos atrás. Contornando a igreja, Lília verificou que a rodoviária ficava bem atrás. Era ali que ela havia parado de carro de manhã.

— Melhor começarmos a descida — sugeriu Tampinha. — Tia Ninota ergueu o dedo e disse que tínhamos de estar de volta antes das cinco. E, quando ela marca hora, não está brincando.

Conversando animadas, as quatro amigas seguiram pela avenida que passava em frente à Santa Casa — o mesmo caminho que Lília havia feito poucas horas antes. Dali, a passos lentos, foram em direção ao Beco da Lapa, para o sobradinho onde morava tia Ninota.

10.

Gonzaga e Dorotéa

Aquela noite, depois do jantar, Lília telefonou para São Paulo. Como o pai chegava às sete e queria conversar *com ele*, ficou ansiosamente esperando o relógio dar as sete badaladas.

— Aqui está tudo uma delícia e já fiz três amigas muito engraçadas — disse, ao despedir-se. — Gosto muito de você!

Quando dona Flávia entrou na linha, Lília ficou muda por alguns momentos. Falar espontaneamente com a mãe era o que ela não conseguia. Mas, mesmo assim, disse que estava adorando Ouro Preto. Ao desligar, sentia-se deprimida. A mãe não havia tocado no nome de Marcos César. Porém, pelo tom da conversa, era evidente que ela não aprovava aquela viagem da filha.

Para afugentar os pensamentos, Lília deu meia-volta e foi conversar com tia Ninota, que fazia crochê na sala. Ficaram batendo papo até as sete e meia, quando escutaram um: "Dá licença?".

Era Tampinha. Toda de vermelho, entrou explicando que o astral dela estava meio baixo; por isso, tinha escolhido aquela cor quente para animar.

— Vamos dar uma voltinha e não uma voltona, tia Ninota — explicou, ao despedir-se da tia adotada.

— Nove e meia em ponto *aqui* — declarou a velha, olhando por cima dos óculos. — Você já sabe como é a escrita comigo, não sabe?

Depois que Tampinha beijou tia Ninota, Lília também beijou-a. Estranho! Foi um gesto impensado! Até então, ela nunca havia beijado espontaneamente a tia! Porém, o gesto da Tampinha foi tão natural que, sem querer, Lília fez igual. Com isso, pôs-se a pensar: "Será que o amor é assim mesmo, aprendemos sem perceber e precisamos de alguém que nos ensine como fazer?".

Desceram pela ladeira.

— Aonde vamos? — perguntou Lília.

— Primeiro, buscar as duas lesmas. Depois... surpresa!

A luz elétrica, as casas de Ouro Preto tinham um aspecto misterioso. Os janelões escuros esticavam-se mais para o alto, as ruas curvas pareciam ocultar em cada esquina fantasmas vagueando em busca de recordações. O céu estava estrelado. A distância, os morros escuros lembravam silhuetas de escravos adormecidos depois de um dia de trabalho.

Descendo pelo Beco da Lapa, elas tomaram a rua Conceição, passando pelo lado da matriz de Antônio Dias. Dali, subiram por uma inclinadíssima ladeira, a antiga rua do Ouvidor, passaram pelo Mercado Novo — um piso cimentado à esquerda. A cem metros, toda branca, iluminada contra o fundo estreladíssimo da noite, erguia-se a imponente igreja de São Francisco.

— Não é linda? — suspirou Tampinha, fazendo pausa para um fôlego. — Atrás dela está o Museu da Prata com obras do Aleijadinho. Qualquer hora a gente vem visitar...

Lília fez que sim. Depois, Tampinha falou do casarão onde elas estavam encostadas. As janelas da casa rosada olhavam de frente para a igreja de São Francisco. A expressão de Tampinha era meio triste:

— Nesta casa morou o poeta Tomás Antônio Gonzaga — disse. — O Poeta da Inconfidência. Já ouviu falar dele?

— Sim, quando estudei História...

— Não é a mesma coisa! — rebateu Tampinha. — Quando a gente estuda História, tudo é frio, somos obrigados a decorar nomes e datas. Por isso, a gente acaba perdendo o interesse. Aqui em Ouro Preto é diferente, porque você tem a impressão de que todas essas pessoas ainda estão vivas, passeiam entre nós, conversam, amam, riem, choram... e a morte não as levou. Escute, você acha que sou maluca?

— Por quê? Só por estar sonhando com os olhos abertos?

— É! Os jovens de hoje não curtem essa de sonhar, mas eu curto, sou romântica. Não é pra qualquer um que abro meu coração, sabe? Não gosto de gozação. Mas você tem jeito de também ser romântica. É por isso que me abro sem medo.

— Gosto de sonhar porque alivia os pés cansados de só andarem na terra — respondeu Lília.

Tampinha continuou acariciando a parede da casa cor-de-rosa:

— Gonzaga era filho e neto de brasileiros. Como naquele tempo não havia universidades no Brasil, estudou em Portugal, onde foi juiz em uma pequena cidade. Voltou para o Brasil quando estava com trinta e oito anos. Vinha ser juiz em sua própria terra.

— Trinta e oito anos? — Era um sujeito alto, bonitão, sonhador... — Tampinha suspirou. — Juiz poeta, romântico, um homem que se preocupava muito com a sorte do povo. Naquele tempo, o Brasil vivia achatado pelos mandos da rainha de Portugal, D. Maria, a Louca, sabe? Minas sempre foi a terra do ouro, e Portugal estava cobrando o quinto, isto é, um imposto atrasado. Quinto porque, de tudo que se produzia aqui, uma quinta parte devia ser entregue, obrigatoriamente, à corte portuguesa...

— Eu sei — disse Lília.

— Pois é, o povo estava com o imposto atrasado. O governador, Cunha e Meneses, era um mandão, puxa-saco da rainha, tirava o sangue do pessoal. Todos estavam aflitos, imagine! A cidade devia quase cinco arrobas de ouro!

Enquanto a amiga ia dizendo aquilo, Lília olhou para a casa. Tentava imaginar o juiz observando a igreja, bem à frente, que, naquele tempo, estaria sendo construída. "Será que ele dava umas olhadas para as garotas que passavam pelas ruas? Como tudo deveria ser diferente naquele tempo!"

— Como juiz, Gonzaga sabia como o povo estava sofrendo — continuou Tampinha, endireitando a franja. — Aí, começou a fazer poesias criticando tal situação. Escreveu *Cartas Chilenas*, um protesto contra o mandonismo português. Naquela época, tinham de fazer tudo dissimulado ou o sujeito ia preso como traidor. Gonzaga precisou chamar as cartas de *chilenas* porque, se as chamasse mineiras, acabaria na cadeia! Onde já se viu um juiz, o representante da rainha, criticar a própria rainha?

— É...

— Tampinha deu um profundo suspiro e revirou os olhos.

— Ela estava com dezesseis anos quando viu o juiz pela primeira vez. Imagine só o impacto: uma adolescente sonhadora, bonitinha, de cabelos trançados, começando a conhecer o mundo e, de repente... "tchantararam! — lá estava ele, imponente como o pico de Itacolomi! De pé, os olhos faiscantes, em sua elegantíssima casaca de veludo azul-marinho, colete de seda, gravata de renda!

— Ela quem? — perguntou Lília, admirada.

— Maria Dorotéa Joaquina de Seixas...

— Ah!

— Menina, foi amor-coisa-de-louco! Imagine só: garota da mesma idade nossa de repente dá de encontro com o homem de sua vida! Não é para o coração disparar? Se é! Pense em você virando a esquina e topando com o... o... qual é o artista de cinema que faz o seu coração dar pinotes?

— Robert Redford — respondeu Lília, pensativa.

— Eu prefiro o Paul Newman, ai, aqueles cabelos grisalhos me dão um arrepio! Então, pra repartir os gostos, vamos imaginar a gente topando essas "coisas" ali paradas, olhando, sorrindo... e esperando. Meu Deus, derrete até chumbo!

— Acho que derrete mesmo! — concordou Lília.

— Aí, começou aquele romance maravilhoso deles. Eram bailes, festas... uma beleza! Gonzaga escrevia poesias que a escrava levava para Dorotéa. Ela morava lá pra baixo — qualquer dia a gente vai conhecer o lugar — e Tampinha ficava toda suspirosa. Foi coisa de louco! A Itália é a terra de Romeu e Julieta; Ouro Preto é a terra de Gonzaga e Dorotéa. Apesar disso, a gente escuta falar mais do Romeu e da Julieta do que do Gonzaga e da Dorotéa. Sabe por quê?

— Não...

— Porque nós, brasileiros, temos essa mania boba de só admirar as coisas dos *outros*! Se a gente parasse um pouco e pensasse em tantas coisas lindas que temos no Brasil, então o mundo todo iria saber a grande história de amor daquela garota com o juiz de olhos brilhantes!

Assim dizendo, Tampinha retomou a caminhada, subindo em direção à praça Tiradentes, agora mais colorida pela presença da luz elétrica. Os casarões de dois andares que fechavam as laterais da praça dormiam com as janelinhas-pálpebras fechadas.

— Acho que a gente devia exportar Gonzaga e Dorotéa para o mundo — continuou Tampinha, enquanto atravessavam o largo em direção à antiga rua Direita. — E não é só eu que acho, não! *Nós* achamos e estamos tentando isso.

— Nós? — repetiu Lília, admirada. — Nós quem?

Tampinha piscou o olho negro:

— O pessoal do teatrinho.

— Tampinha, eu não estou entendendo nada!

— É que não lhe contei: nós criamos um grupo de teatro de fantoches. É o Grupo da Pedra-Sabão. Mas, agora, não vou dizer mais nada. Senão, quebra o impacto da surpresa, uai!

— Você é mesmo impossível! — retrucou Lília, franzindo a testa.

— O bonito da vida são as surpresas — declarou Tampinha. — Não fossem elas, já imaginou como o mundo seria uma chatice?

Assim dizendo, calou-se. Pensativa e silenciosa, Lília continuou caminhando ao lado da amiga. Tampinha tinha toda a razão: a vida precisa ter surpresas para ser mais colorida.

11.

O teatro de fantoches do Grupo Pedra-Sabão

Depois de passarem pela Casa dos Contos, as duas atravessaram a ponte dos Contos e seguiram pela rua Tiradentes. No alto do morro, à frente, majestosa como uma sentinela, erguia-se a vigilante igreja de São José.

— Engraçado o costume aqui. Ao lado de cada igreja, ou ligado a ela, existe um cemitério — comentou Lília. — Até parece a Europa!

— É verdade! — concordou Tampinha. — Cada igreja, cada irmandade, tem o seu cemitério próprio. Tempos atrás, quando a Igreja era o grande poder po-

79

lítico, todas as irmandades procuravam construir seu templo mais bonito, mais suntuoso do que os outros. Isso porque, quanto mais rico o templo, mais importante a irmandade. Assim, o reflexo desse poder ficou registrado nas construções de nossas igrejas. Sabe que em Ouro Preto todas as pessoas devem pertencer a uma determinada irmandade? Ou, quando morrerem, não têm onde ser enterradas...

— É?

Sempre conversando, elas chegaram ao pequeno largo da Alegria. Dali para baixo, havia uma ladeira acentuadíssima. Lá no fundo, fechando a praça, a igreja de Nossa Senhora do Pilar.

— Aquela é a mais rica de todas — comentou Tampinha. — Ali existe um grande museu que você precisa visitar. Antigamente, era nela que os governadores tomavam posse.

As duas desceram a ladeira pelo lado esquerdo onde havia uma calçada com degraus espaçosos para quem não quisesse enfrentar o declive. Não haviam caminhado muito, quando Tereca e Tunica apontaram à porta de uma casa, naquele lado da rua.

— Oi, o que é que vocês estão fazendo aí? — perguntou Lília, admirada.

— É a surpresa! — disse Tampinha, indicando a casa para que Lília entrasse. — Venha conhecer a sede do nosso Grupo Pedra-Sabão.

Um pequeno alpendre, uma porta, um salão onde os móveis estavam encostados à parede para dar mais espaço. Havia duas janelas dando para a rua e uma porta, vedada por uma cortina, que se comunicava com um cômodo.

Tereca foi entrando e chamando por dona Maria do Carmo.

— Cadê o Dirceu? — perguntou Tampinha a Tunica. — Quando a gente chegou, já tinha saído. Dona Maria do Carmo disse que ele foi à casa do Vanderci. Não sabe a hora que volta.

— Que pena! — e Tampinha coçou a franja. — Justo hoje que eu queria que ele mostrasse o teatro pra Lília!

Só então Lília viu na parede uma boca de palco de quase dois metros. De altura, o palquinho tinha um metro e vinte, e as cortinas vermelhas com franja amarelo-ouro estavam abertas. No fundo, um cenário. Entretanto, o que mais chamou a atenção dela foi uma série de fantoches dependurados na parede. Todos nas mais incríveis posições. Eles mediam cerca de meio metro cada um e estavam vestidos com roupas típicas de séculos atrás.

— Você não está entendendo nada, não é? — perguntou Tampinha. — Pois eu explico: este é um palco desmontável para as nossas apresentações. Como vêm muitos turistas a Ouro Preto e todos querem conhecer nossa história, resolvemos formar o teatro de fantoches para representar a história de Ouro Preto!

— Foi um trabalhão! — emendou Tunica, suspirosa. — Tivemos de fazer mil pesquisas, mil entrevistas, ler mil livros, ferver a cuca para chegar até onde chegamos.

— Que barato! — murmurou Lília, admiradíssima.
— E como funcionam os fantoches?

Tampinha pegou um deles. Da cabeça saía um corpo negro coberto por uma camisa. Na extremidade das mangas compridas estavam fixas as mãos. Na cintura estavam presas as calças. As pernas eram costuradas por cima, na frente do corpo, em tecido negro. Quando Tampinha enfiou a mão dentro do corpo, introduziu o dedo indicador na cabeça do fantoche. O polegar e o pai de todos foram enfiados nos braços esquerdo e direito. Assim, mexendo os dedos, ela fazia o boneco mover os braços e inclinar a cabeça como se tivesse vida.

— Que bonitinho! — riu-se Lília, encantada. — Veja agora... — disse Tampinha, dirigindo-se até a parte de trás do palco, onde ficou de pé. Ali, erguendo o braço, deixou o boneco à vista do espectador. Afastando-o de um lado para outro, movimentava-o. Com os grandes olhos negros arregalados, Lília ficou assistindo maravilhada, como se fosse uma garotinha de quatro anos de idade.

— Tunica, pegue a viscondessa de Sabugosa... — mandou Tampinha.

Tunica enfiou a mão no corpo de um fantoche de vestido de veludo vermelho, blusa de renda, bolsinha na mão, cachos negros e chapéu florido.

— Eu estou segurando José Álvares Maciel — explicou Tampinha. — É um jovem mineiro, aqui de Vila Rica, que acaba de chegar de Portugal, onde esteve estudando. Tem vinte e oito anos, vive sorrindo e veste-se com a maior elegância. Ele participou da Inconfidência Mineira.

— E quem é a viscondessa? — quis saber Lília.

Afinando a voz, Tunica começou a mover a fantoche. Respondeu como se fosse a própria viscondessa falando:

— Meu nome é Ana Rosa José de Melo. Sou a filha mais velha do marquês de Sabugosa. Casei com Luís Furtado de Mendonça, o visconde de Barbacena. Atualmente, sou a viscondessa de Barbacena. Estamos chegando a Ouro Preto neste ano de 1788, e nosso dever é cobrar o imposto atrasado que vocês, brasileiros, estão devendo a Portugal. Meu marido representa a rainha portuguesa, D. Maria I! — concluiu a viscondessa, erguendo o nariz.

— Senhora, senhora! — falou Tampinha, movendo o fantoche José Álvares Maciel como se o próprio corresse atrás da viscondessa. — O taverneiro mandou perguntar o que deseja para a refeição de hoje: ganso à caperota ou perum em botinas com coxas recheadas por trutas? Ou, talvez... vitela nova com salpicões? Quem sabe uma codorniz com molho à conde da Saxônia? Ou molho de marfim?

— Oh! — e a viscondessa afetada ergueu o lencinho diante dos olhos. — Aqui nesta tasca, neste fim de mundo, no meio da estrada que liga o Rio de Janeiro às minas de ouro, posso mesmo contar com tão deliciosas iguarias? Pois, então, desejo um delicioso vinho para regar *todos* esses pratos. E, para minhas crianças, claro, um copo de leite de cabra. Bem morno!

— Sim, senhora! As ordens de vossência serão executadas à risca!

Assim dizendo, Tampinha puxou o boneco, retirando-o do palco. A viscondessa de Barbacena suspirou e disse:

— Não sei se me acostumarei a esta terra tão diferente e tão distante do meu Portugal! Meu marido acaba de chegar para forçar esta gente a pagar cinco arrobas de ouro, imposto atrasado. Lógico que acabará caindo na antipatia de todos. Aí, adeus meu vinho do Porto! Acho que vou ter de me contentar mesmo é com um... copo de cachaça!

Fingindo soluçar, saiu de cena. — Lindo, lindo, lindo! — aplaudiu Lília, caindo na risada. — Adorei ver a viscondessa aderindo à cachaça! Poxa, Tampinha, sabe que cheguei a *sentir* que eram mesmo os fantoches que estavam falando? Sensacional!

Tampinha e Tunica saíram rindo detrás do palco. Com isso, pôde Lília pegar o fantoche da viscondessa para examiná-lo.

— Que trabalhão fazer toda esta roupa! — exclamou. — Que capricho! Quem que fez?

Naquele momento, alguém levantou a cortina do vão da porta e apareceu Tereca, acompanhada por uma mulher.

— Foi dona Maria do Carmo, a costureira do grupo — respondeu a gorda Tereca, cedendo passagem à mulher.

Ainda segurando a viscondessa, Lília olhou. Dona Maria do Carmo não era muito alta. Mulata cor de canela, cabelos anelados, olhos negros e espertos, lábios carnudos. Vestia-se com simplicidade e usava chinelo. Feitas as apresentações, Lília começou uma chuva de perguntas. A tudo dona Maria do Carmo respondia com sossego. Era uma pessoa extremamente bem-humorada.

— Não foi tão difícil fazer os trajes! — explicou. — O Dirceu, meu filho, desenhou os modelos que os meninos procuraram nos livros. Quando não tínhamos livros, íamos ao museu, aqui mesmo. Era só examinar as roupas antigas. Enquanto os rapazes pintavam os cenários, faziam as carruagens, as cadeirinhas, o palco, nós íamos cortando os tecidos e costurando. Mas não pense que as meninas não ajudaram a pregar pregos nem que os rapazes deixaram de costurar! Nada disso! Eles também costuraram. Só que saiu um serviço mais grosseiro porque eles não têm tanto capricho quanto as meninas. Foi assim, com muito trabalho, que conseguimos montar todos os fantoches...

Lília deu uma rápida olhada na coleção dependurada na parede.

— Não fosse o Dirceu, a gente nunca teria feito nada — comentou Tampinha. — Toda a ideia do teatro foi dele. Ele quem pôs fogo na gente, quem incentivou, quem não nos deixou desistir. Se ficássemos sós, juro que não teríamos conseguido nem a metade! O teatro *é* o Dirceu!

— Dirceu? — perguntou Lília, curiosa.

— Pena que meu filho não está em casa — disse dona Maria do Carmo. — Ele foi até a casa do Vanderci. Quando os dois se pegam de conversa, ele nunca volta antes da meia-noite.

— Que pena mesmo! — murmurou Lília, desapontada. — Eu gostaria muito de conhecer essa cabeça inteligente que foi capaz de bolar uma ideia maravilhosa dessas!

Dona Maria do Carmo nem teve tempo de responder porque Tereca já entrava na conversa. Enquanto isso, Tunica puxou Lília, pois queria que ela visse um fantoche que havia vestido sozinha: uma tal de Bernardina Quitéria. Era a portuguesinha de cabelos negros que tinha sido apaixonada pelo poeta Gonzaga. A maior rival da jovem Maria Dorotéa Joaquina de Seixas.

12.

Quem é Dirceu?

Deitada na cama de cabeceira alta, Lília mordia a ponta da esferográfica. À sua volta, paredes de reboco grosso, pintadas a cal, e forro de tábuas largas em cinza-perolado. Um monstro de guarda-roupa com folhas tão pesadas quanto a porta, tapete de crochê feito pela tia, e janelões fechados voltados para a rua. Tão diferentes de São Paulo, do mundo onde ela vivia! Em casa da tia Ninota cada peça tinha um significado especial. Em cada detalhe sentia-se a presença de mãos trabalhando, tecendo, pintando, costurando. Cada objeto possuía uma história, uma individualidade. Em São Paulo? Nem pensar! Lá tudo era em série, despersonalizado, comprado feito. Bastava ir a um *shopping center*, pagava-se o olho da cara e pronto. Em casa de tia Ninota, não! Até a colcha de retalhos tinha vida. Cada retalho era um pedaço do passado da tia, escolhido entre as sobras do baú. Foi ela quem costurou quadradinho por quadradinho. Olhando para a colcha, ela seria capaz de dizer: "Usei esse vestido quando fui visitar a prima Carminha; aquele outro foi para o Natal de mil novecentos e...".

Lá fora caía a chuva, lavando as ruas para o dia seguinte. Chuva de verão. O relógio da sala ainda não havia batido dez e meia.

"Quem será Dirceu?" — perguntou-se Lília, pensativa. Essa pergunta repetia-se em seu peito desde o momento em que soubera ter sido ele a alma do teatrinho. Devia ser um rapaz especial, capaz de enxergar coisas que os rapazes comuns não enxergam. Diferente de Marcos César, que só sabia falar de dinheiro e futebol. Para Marcos César, o valor das pessoas se mede pelos títulos e pelo cifrão. Mas Dirceu não podia ser um rapaz assim! Não! Ele deveria saber dar à colcha de retalhos de tia Ninota o valor que ela merecia. Marcos César? Jamais! Em vez de admirar a beleza, logo perguntaria: "Quanto custa?".

De repente, ela começou a escrever:

"Os chafarizes, as pontes, os regatos, as esquinas, aqui, eles *falam!*

89

Nas sombras dos janelões e portas das velhas casas, o fantasma da História passeia, procurando ouvintes...

A carinhosa chuva lava os telhados que se apoiam, unidos como crianças de mãos dadas. Em cada pedra-saudade destas ruas, eu vi e ouvi a dança dos anos; a dança da alegria triste e da tristeza alegre; a dança dos grandes amores!

Quem foi Gonzaga?
Quem foi Dorotéa?
E onde estão... agora?"

Fez uma pausa, pensou mais um pouco e acrescentou, finalizando:

"E quem será... Dirceu?"

Depois assinou, fechou o caderno e apagou a luz. Puxando as cobertas, ficou escutando a chuva pingando até adormecer.

Na manhã seguinte, Lília despertou com uma fome danada. Atirando longe as cobertas, voou para a cozinha. Dona Candinha estava acabando de tirar o leite do fogão, e o gato miava roçando-lhe nas pernas. A mesa estava posta. Tia Ninota já havia tomado café.

Era seu costume levantar-se de madrugada e ir à missa todos os dias. No caminho da volta, sempre parava em casa de uma amiga para um papo.

— Bom dia, Lília, dormiu bem?

— Ótimo! E a senhora?

— Bem, obrigada.

Elas conversaram a respeito do tempo. Dona Candinha explicou que Ouro Preto era muito úmida durante quase o ano todo. Acrescentou que no inverno piorava.

— Por isso, naqueles tempos antigos, o governador preferia viver em sua casa, em Cachoeira do Campo — disse, servindo o café. — Lá o clima é mais quente e seco.

— Eu não estranho — declarou Lília. — São Paulo também é úmida. — Isto é, era mais, no tempo da garoa, como falou papai. Mas hoje até a garoa São Paulo perdeu. Tudo por causa da poluição. Ela é a única que não vai embora.

— Graças a Deus não temos poluição por aqui — suspirou a empregada. — Isto é, existe uma fábrica de alumínio atrás do morro. De vez em quando, sobe uma nuvem de poeira ou fumaça, sei lá. Deus permita que nunca aumentem o número dessas drogas de indústrias aqui por perto! Já chegam os automóveis e os caminhões que fazem trepidar tudo e racham as nossas casas!

Terminado o café, Lília disse que ia dar uma volta. Aquela manhã as Tetetês não podiam sair. Como ela já conhecia o esquema da cidade, ia sair sozinha. — Diga à titia que volto antes das onze e meia, dona Candinha.

E desceu correndo a escada de pedra para o jardim. Lá fora, nem parecia haver chovido na véspera. A terra estava seca, o céu era de um azul puro e ventava quente.

Lília, porém, não queria só dar umas voltas. Não! Ela bem sabia *aonde* queria ir porque a curiosidade a cutucava por dentro. Assim, passou pela Matriz de Antônio Dias, subiu em direção à casa do poeta Gonzaga, atravessou a praça Tiradentes e seguiu em direção à ladeira da igreja do Pilar.

"Quem é Dirceu?" — perguntava uma vozinha no fundo do coração.

Lília sentiu um calor diferente no rosto. Passou um grupo de rapazes de *shorts*, descontraídos, rindo. Um carro azul virou a esquina, ela esperou para poder atravessar a rua. Agora ia mais devagar, pensativa, lutando com o seu *eu* de dentro. Por que estava tão interessada em conhecer Dirceu? Vai ver, era igual a Marcos César. Talvez fosse outro ambicioso sonhando em fazer dinheiro, e o teatrinho poderia ser o caminho. Não foi o que Tampinha tinha dado a entender?

— Estou parecendo uma boba! — disse, irritada com aqueles pensamentos.

— O quê? — perguntou um rapaz encostado na parede.

Só então Lília caiu em si, percebendo que havia falado alto. Seu rosto ficou ainda mais vermelho.

— Desculpe! — pediu. — Acho que estou lelé, pois já comecei a conversar sozinha.

— É o ar! — respondeu o rapaz sorrindo.

— É, deve ser...!

Na esquina da praça da Alegria havia um barzinho. Ao ver as broas de fubá tão bonitas e amarelinhas, Lília não teve dúvida: entrou e comprou uma.

— Se eu não me cuidar, volto para casa pesando uma tonelada! — falou, ao dar a primeira mordida.

Começou a descer a ladeira pelo meio da rua. Ia observando as casas geminadas à direita, à esquerda. Lá no fim, na pracinha, havia um chafariz e, a poucos metros, via-se a igreja do Pilar. Lília queria visitar o museu. Mas, antes, ela queria...

Parou em frente à casa onde havia estado na véspera. Lá de dentro vinha um som de flauta. A porta estava encostada, as janelas com vidraças descidas.

— Licença? — pediu, sentindo o coração disparar.

Nenhuma resposta.

— Oi, de casa, posso entrar?

O silêncio era quebrado somente pela melodia.

"Impossível, alguém *tem* de estar aí! Pelo menos a dona Maria do Carmo!" — pensou. E então, empurrando a porta, entrou no salão dos fantoches.

13.

Porque você, Marília...

O palco, armado no meio do salão, pronto para começar o espetáculo. O cenário mostrava a paisagem de um campo com árvores copadas, ciprestes, uma coluna de mármore enrolada por uma guirlanda de rosas e um vaso. Lília lembrou-se que havia visto cenas assim em livros sobre a civilização da Grécia antiga. No alto do palquinho, havia um Cupido fofo dependurado do lado esquerdo. Ele sorria. Para os gregos antigos, Cupido, o deus do Amor, era o moleque com asas e seteira — ou aljava — nas costas. Com os olhos vendados, Cupido atirava flechas nos corações humanos, fazendo, assim, as pessoas se apaixonarem. O som da flauta continuava. Seria algum pastor vigiando suas ovelhas? Hipnotizada, Lília sentiu como se desse um voo pelo tempo, mergulhando no passado.

Foi então que ela viu, no palco, encostado na cortina da direita, um fantoche com a cabeça caída. Parecia adormecido. Tinha peruca branca, jaleco de veludo verde-garrafa, gravata fofa de pintas azuis, calções negros e sapatos com fivela de ouro. Atraída, Lília aproximou-se dele. Quando, porém, ia erguendo a mão para acariciá-lo, o boneco levantou a cabeça, esfregou os olhos e espreguiçou-se. Olhando para ela, declamou:

*"Pintam, Marília, os poetas
a um menino vendado,
com uma aljava de setas,
arco empunhado na mão;
ligeiras asas nos ombros,
o tenro corpo despido,
e de Amor ou de Cupido
são os nomes que lhe dão."*

Lília arregalou os olhos. Que linda poesia! Abriu a boca para perguntar por que o fantoche a estava recitando. O fantoche, porém, de braços abertos, continuou:

*"Porém, Marília, nego,
que assim seja Amor, pois ele
nem é moço nem é cego,*

nem setas nem asas tem,
Ora pois, eu vou formar-lhe
um retrato mais perfeito,
que ele já feriu meu peito:
por isso o conheço bem."

O coração de Lília batia disparado! Aquele fantoche tinha feito a poesia... para *ela*?

"Os seus compridos cabelos,
que sobre as costas ondeiam,
são que os de Apolo mais belos,
mas de loura cor não são.
Têm a cor da negra noite;
e com o branco do rosto
fazem, Marília, um composto
da mais formosa união.
Tem redonda e lisa testa,
arqueadas sobrancelhas,
e seus olhos são uns sóis.
Aqui vence Amor ao Céu:
que no dia luminoso
o Céu tem um sol formoso,
e o travesso Amor tem dois."

Inclinando a cabeça para o lado, o fantoche continuou:

"Na sua face mimosa,
Marília, estão misturadas
purpúreas folhas de rosa,
brancas folhas de jasmim.
Dos rubins mais preciosos
os seus beiços são formados;
os seus dentes delicados
são pedaços de marfim.

Mal vi seu rosto perfeito,
dei logo um suspiro, e ele
conheceu haver-me feito
estrago no coração.
Punha em mim os olhos,
quando entendia eu não olhava;
vendo que o via, baixava
a modesta vista ao chão."

O fantoche olhava-a tão de perto como se conseguisse enxergar-lhe a alma através dos olhos.

"Chamei-lhe um dia formoso;
ele, ouvindo os seus louvores,
com um modo desdenhoso
se sorriu e não falou.
Pintei-lhe outra vez o estado,
em que estava esta alma posta;

não me deu também resposta,
constrangeu-se e suspirou.

Conheço os sinais; e logo,
animado da esperança,
busco dar um desafogo
ao cansado coração.
Pego em seus dedos nevados,
e querendo dar-lhe um beijo,
cobriu-se todo de pejo
e fugiu-me com a mão."

Com um movimento rápido, o fantoche abaixou-se e encostou os lábios no rosto de Lília, como se lhe roubasse um beijo. Depois, com um pulinho para trás, concluiu:

"Tu, Marília, agora vendo
de Amor o lindo retrato,
contigo estarás dizendo
que é este o retrato teu.
Sim, Marília, a cópia é tua
que Cupido é deus suposto:
se há Cupido, é só teu rosto,
que ele foi quem me venceu."

Depois, o misterioso fantoche afundou-se atrás do palco. Lília tentou agarrá-lo. Mas, naquele momento, no lugar do fantoche apareceu um rosto no palco. Era um rapaz moreno, de pele clara, olhos negros, cabelo curto e brilhoso. Tranquilo, os lábios sorriam como os de Cupido.

— Oi, Marília!

Ela estremeceu:

— D-Dirceu?

Ele fez um movimento afirmativo. Lília continuava espantadíssima.

— C-Como você s-sabe que meu nome é Marília? — perguntou gaguejando. — Não contei isso pra ninguém! Eu disse ao pessoal que me chamo Lília!

Ele saiu detrás do palco. O fantoche estava vestido em seu braço.

— *Ele* sabe — respondeu Dirceu.

— Foi ele... quem fez a poesia para mim?

— Foi! Não conhece? É Tomás Antônio Gonzaga. As palavras são dele, Marília, mas... o coração que recitou foi o *meu*!

O impacto havia sido tão grande que Lília não sabia o que dizer. De repente, lembrou-se de Tampinha. Ela havia dito que Dorotéa, ao ver Gonzaga pela primeira vez, também ficara sem voz...

— Eu... eu...

Estendendo a mão para cumprimentá-la, ele riu.

— Não diga nada. Gostou da surpresa?

— Foi linda! Mas como que você...?

— Fácil: mamãe disse que você veio aqui ontem e gostou do nosso teatro. Então, comecei a pensar: "Aposto que amanhã ela vai voltar aqui para saber mais. Vou deixar tudo preparado. Quando ela aparecer, recito 'Marília de Dirceu', do Gonzaga". Agora há pouco, vi que você vinha descendo pela ladeira e...

— Ei, espere aí! — aparteou Lília, caindo em si.

— Você viu uma *desconhecida* descendo a ladeira, pois ainda não me conhecia. Como foi que adivinhou que era eu?

Ele respondeu com naturalidade:

— *Porque você, Marília...*
Seus cabelos cor da noite são nanquim
e seus lábios dois rubis — belo sorriso!
Nesse rosto delicado, de marfim,
os seus olhos são dois sóis... do Paraíso!

— Esses versos *não* são de Tomás Antônio Gonzaga?

— Não. São meus e nasceram agora. Acho que foi o pressentimento que me fez desconfiar que seu verdadeiro nome é Marília, porque só Marília pode ser tão linda quanto você! Afinal, eu sou Dirceu! Será que temos a alma dos dois grandes amantes de Ouro Preto, que viveram séculos atrás?

— Bobagem! — respondeu ela. — Marília e Dirceu nunca existiram! Não passavam de criações do poeta Gonzaga!

— E você não acredita que pode o amor ser tão forte que as poesias se tornem verdade? Como as lendas, os milagres, os contos de fada? Ouro Preto é a terra do faz de conta!

— Meu Deus, Dirceu, você é maluco!

— Não, sou sonhador. Muita gente sabe disso. E foi por causa desses sonhos que conseguimos realizar o Grupo Pedra-Sabão, que estreia sábado no Mercado Novo. Você vai assistir?

— Claro!

— Pois então. Agora, vamos lá dentro tomar um cafezinho. Depois, a gente sai. Quero mostrar a você *minha* Ouro Preto. Venha, Marília!

14.

A Ladeira da Saudade

Saíram ao sol, sob um céu deliciosamente azul. À claridade, as cores da cidade-monumento tornavam-se mais vivas. Ali na ladeira, Dirceu parou e olhou para cima: vinha descendo um carro. Na pracinha, um bode comia as tenras folhas de capim que cresciam entre as pedras do calçamento. Quase à frente de sua casa, trabalhava o relojoeiro, perdido no meio de uma multidão de velhos relógios empoeirados.

— Gosta? — perguntou. Lília fez que sim.

— Pois vou lhe contar um segredo! — disse ele, aproximando-se. — Esta ladeira tem um nome só *nosso*!

— Verdade?

— Nosso, lá de casa — explicou. — Vem do tempo que papai namorava mamãe. Eles costumavam encontrar-se ali, no chafariz ao lado da igreja do Pilar, está vendo? Para eles, esta ladeira representa o tempo quando eram jovens, cheios de sonhos, pensando em casamento. Por isso, deram a ela o nome de... Ladeira da Saudade!

— Que bonito! — sorriu Lília, fascinada. — Ladeira da Saudade... não vou esquecer nunca!

— Então, continua em segredo, tá? Nem as Tetetês sabem.

— Por que você está me revelando esse segredo tão seu?

— Porque você é Marília, eu já disse! Agora, vamos! Quero mostrar-lhe uma coisa! — e, agarrando-a pela mão, puxou-a ladeira acima.

Dirceu era ágil, elástico, cheio de vida.

— Já viu a casa de Tiradentes? — perguntou, quando chegaram ao topo da ladeira.

— Onde *foi* a casa de Tiradentes — corrigiu ela. — Tampinha me disse que a verdadeira casa dele era baixa e pequena. Como era Tiradentes, Dirceu? O homem, quero dizer; não o herói.

Dirceu franziu a testa:

— Foi soldado, minerador, mineralogista, bufarinheiro, almocreve, físico, dentista, um sujeito honesto com ele próprio, apesar de ter-se desiludido com os homens. Vivia com uma mulher, tinha uma filha, era pobre. Um idealista, um sonhador, um romântico. Tiradentes acreditava em um mundo livre, com oportunidades iguais para todos, sem distinção entre o pobre e o rico... porque ele próprio era pobre e sofria com os preconceitos. Foi um injustiçado que acreditava naquilo que você viu em nosso teatrinho: na paz que os gregos cantaram em seus versos. Ele acreditava nas colinas, nas flores, na natureza. Veja bem a paisagem aqui de Ouro Preto: não é cheia de paz como as paisagens da antiga Grécia? Os morros... as pedras... as ruas... o ouro... oh, o ouro!

Os olhos de Dirceu faiscaram.

— Joaquim José não era de família rica. O ouro extraído deste solo custou muitas vidas e era todo levado para Portugal. O Brasil, os brasileiros, todos viviam escravizados ao ouro... Os homens sempre serão escravos do ouro! Tiradentes foi um tímido, um gigante, um homem que carregou a culpa pelos pecados de muitos, sei lá. A História está aí, viva em Ouro Preto. Pergunte a ela!

— Não! — respondeu Lília. — Na História os vultos são impessoais como as figuras de cera de museus. Prefiro perguntar a você, porque aqui em Ouro Preto os nomes têm vida, calor e... garra! Eles continuarão vivos para sempre!

Atravessando a cidade, os dois tomaram a direção do bairro onde morava a tia Ninota — a Lapa. Dirceu explicou que ali ficava a saída para Mariana e para a mina do Chico Rei. Enquanto andavam, ele ia apontando, falando, mostrando, explicando. Era como se a história de Ouro Preto fosse a sua própria.

— Sabe que antigamente os negros tinham uma igreja só deles?

— Verdade? Mas se eram escravos, como tinham dinheiro para construir sua própria igreja?

— Os negros que bateavam, isto é, que procuravam ouro, escondiam pepitas de ouro nos cabelos. À noite, ao chegarem em casa, abriam um pano, passavam as mãos no cabelo, e as pepitas caíam sobre o pano. Com esse ouro, eles iam comprando material para erguerem a capela.

Continuaram descendo, passaram pelas últimas casas da cidade. Para a frente, os morros. A seu pé, o córrego do Sobreira, em cujas margens cresciam folhas de plantas aquáticas verde-ervilha. Em longas hastes, os perfumados lírios brancos eram embalados pelo vento. Pouco adiante, uma ponte. Dirceu parou e olhou para a frente:

— Está vendo aquele prédio? — apontou. — É a escola das normalistas. E aquele outro? — mostrou à direita. — O Clube Recreativo 15 de Novembro. Dizem que em um desses lugares existia uma construção imponente, de telhado avançado, sustentado por "cachorros" e com oito janelões. Era toda circundada por palmeiras. Bem ao meio, existia uma frondosa árvore: uma olaia. Havia uma gigantesca porta que desembocava em uma escada de nove degraus, mais largos na parte térrea. Era ali a Casa-Grande.

Empolgada com a descrição de Dirceu, Lília chegou a visualizar o casarão mergulhado no verde, tendo, por fundo, os montes azulados.

— Lá, em companhia das tias Catarina Leonor e Teresa Matilde e dos tios Bernardo Ferrão, um advogado fechado, e João Carlos, militar ajudante do governador, vivia a filha do capitão Baltasar Mayrink: Maria Dorotéa Joaquina de Seixas...

— A Marília do Dirceu? — perguntou Lília.

— Sim. De sua casa, o poeta Gonzaga podia avistar a Casa-Grande aqui embaixo, sufocada pelo verde copado das grandes árvores. Olhe para o alto da cidade: não vê direitinho a casa do poeta?

Lília fez que sim.

— Ali, da escola normal, não dá para se ver a casa do poeta, mas do Clube 15 dá. Então, o mais provável é que a casa de Marília ficasse lá, onde hoje é o clube...

O vento agitou os cabelos de Lília. Estava emocionada por conhecer os segredos de outra adolescente de sua idade que, quase duzentos anos atrás, havia-se apaixonado por um poeta.

— Por que Dorotéa vivia com os tios e não com os pais? — perguntou.

— Porque o pai, o capitão Baltasar, tinha-se casado pela segunda vez, agora com dona Maria Madalena. A primeira mulher, a mãe de Dorotéa, havia morrido quando a filha estava com oito anos. O pai morava na fazenda Fundão das Goiabas.

— Dorotéa era filha única?

— Não. Tinha mais quatro irmãos: Ana Ricarda, Emerenciana e dois meninos menores: João Carlos e Francisco de Paula.

— Qual era a profissão do pai dela?

— Capitão, já disse. Naquele tempo, o intendente — ou prefeito — das minas era um sujeito muito vingativo: Dr. José Antônio de Meireles Freire, apelidado de Cabeça de Ferro. O velho capitão Baltasar ocupava o cargo de capitão da cavalaria, auxiliar da nobreza de Vila Rica. Em certa ocasião, ele foi destacado para patrulhar a serra, para evitar o contrabando de ouro e a fuga de escravos. Numa dessas patrulhas, oito escravos fugitivos foram presos e acusados de crime de contrabando. Depois de ouvir tudo o que os presos tinham a dizer, o capitão sentiu dó, pois viu que eram apenas escravos fujões e não contrabandistas. Por isso, resolveu soltá-los. Quando o Cabeça de Ferro soube, denunciou o capitão à corte. Motivo pelo qual Baltasar Mayrink foi preso e respondeu a um processo-crime. Finalmente, apuraram a sua inocência, mas, com isso, ele perdeu o cargo que ocupava.

— E... os escravos? — Havia um, Domingos Angola, um sujeito forte, orgulhoso...! Ele havia sido preso no Caminho Novo. Como castigo, foi açoitado, enquanto caminhava, desde a cadeia até o largo da Matriz de Antônio Dias. Uma boa distância de rua calçada por pedras irregulares. Quando chegou ao largo da Matriz, o Angola estava mais morto do que vivo. Aí, todo coberto de sangue, os soldados finalmente o deixaram em paz. Reunindo o resto de suas forças, o escravo rastejou até a Casa-Grande, a casa de Baltasar. Penalizado, o capitão pagou o resgate do escravo, que passou a viver na fazenda das Goiabas. Mais tarde, a pedido de Dorotéa, o Angola veio viver na Casa Branca, aqui em Ouro Preto. A devoção que ele tinha por Dorotéa era algo impressionante. Ele adorava a sinhazinha!

Os olhos de Lília brilharam de tristeza e admiração.

— Chega de histórias tristes agora! — disse o rapaz. — Venha, vamos atravessar a ponte de Marília. Faça um pedido. Dizem que, se alguém que a atravessa pela primeira vez fizer um pedido, Marília e Dirceu, os amantes de Ouro Preto... atendem!

Diante daquelas palavras, Lília olhou firme para o rapaz e fez o pedido. Embora o tivesse feito com o coração apenas, percebeu que ele havia adivinhado.

Em silêncio, atravessaram a ponte. Na outra extremidade havia uma grande pedra.

— Sente-se — pediu Dirceu.

Ela obedeceu. Dirceu desceu até os lírios abertos entre as folhas cor de ervilha do córrego. Tendo colhido uma braçada de flores, ele voltou e entregou-as a Lília. Como eram perfumadas!

Feito isso, de surpresa, Dirceu colocou-lhe na cabeça uma coroa de lírios entrelaçados. Em seguida, tirando do bolso uma flauta de madeira, começou a tocar. De vez em quando, dava uma olhada para a garota, que parecia uma ninfa.

— Os gregos curtiam a vida ao ar livre, o amor... e a beleza — disse, interrompendo a melodia triste. — Agora, eu também quero curtir você, Marília!

Ela sorriu timidamente. O sol batendo-lhe no rosto, o vento despenteando-lhe os cabelos, o branco das pétalas sobre a fronte, o cintilar das águas do riacho faziam dela uma figura etérea, um entremeio entre o sonho e a realidade na tela de algum gênio surrealista.

"Que tens, Marília
que ela suspire?
que ela delire?
Que corra os vales?
Que os montes gire
Louca de Amor?
Ela é que sente
esta desdita,

e na repulsa
mais se acredita
o teu pastor!"

Como resposta, Lília estendeu-lhe um lírio.
— Estou correndo por entre montes e vales, estou sentindo brotar uma nova força em meu coração — disse, cheia de alegria. — Não quero que meu pastor pense, por algum momento que seja... que poderei jamais deixar de gostar dele!
Aproximando-se para sentar-se aos pés dela, Dirceu recomeçou a tocar a flauta. A melodia subiu pelas montanhas, pairou nos ares, navegou com as águas do regato e levou o tempo ao embalo das horas.

15.

O amor é uma realização que leva tempo

Os programas mimeografados estavam prontos, e o grupo deveria distribuí-los pela cidade naquela noite de quinta-feira. Impressos em papel pardo, tinham, à direita, a gravura do profeta Daniel, cópia da obra do Aleijadinho. O desenho havia sido feito pelo Daniel, um dos componentes do grupo e artista no traço. O texto anunciava a presença do Teatro de Fantoches do Grupo Pedra-Sabão, que estrearia na praça do Mercado Novo, no sábado, com a peça: *Uma grande história de amor*. O convite era extensivo a todo o povo, e a apresentação seria grátis. Mas, secretamente, o grupo esperava que, se houvesse sucesso, o prefeito conseguiria um local fechado para futuras apresentações, com ingressos pagos, aproveitando-se do grande número de turistas que diariamente chegam a Ouro Preto.

Daniel, um pouco mais baixo que o Dirceu, era loiro de olhos esverdeados. Carioca, magricela e elétrico, fazia tempo que tentava namorar Tunica. A coisa entre eles, porém, não estava engrenando bem, pois Tunica era tímida, insegura. Foi Daniel quem executou os cenários para a peça. O outro rapaz do grupo era Vanderci. Moreno, gordo, um sonhador com a cabeça na lua que desejava ser engenheiro eletrônico. Ele cuidava da iluminação e do som, com aparelhos emprestados por seu Afonso, pai do Dirceu e dono de uma oficina eletrônica. Os diálogos dos fantoches haviam sido gravados com efeitos sonoros. Assim, sem se preocupar com o texto, os manipuladores tinham maior liberdade para mover os fantoches, emprestando maior realismo à cena. Vanderci tinha uma namorada em Mariana. Por isso, quase todos os domingos, ia para lá.

Com a chegada de Lília, Dirceu arranjou-lhe um serviço no grupo: ajudante de entrega dos fantoches. Ela ficava encarregada de entregar os fantoches, no decorrer da representação, o que evitava corre-corre atrás do palco.

Logo de manhã, na sexta-feira depois do café, Lília pegou a bolsa.

— Já vai sair? — perguntou a tia, olhando por cima dos óculos.

Lília parou. Sentada na cadeira de balanço, tia Ninota fazia crochê.

— Vou à casa do Dirceu para ensaiar. Amanhã o grupo estreia a peça de fantoches. A senhora vai assistir?

A tia continuou balançando-se ritmadamente.

— Que peça é essa?

— Uma que o grupo escreveu. Conta o grande amor entre Tomás Antônio Gonzaga e Maria Dorotéa Joaquina de Seixas. O amor não é uma coisa linda, tia Ninota?

Tia Ninota olhou séria para a sobrinha. Quando Lília reconheceu aquele olhar "número 7", ficou atrapalhada.

— Depende... — respondeu a tia, voltando os olhos para o crochê. — Desta última vez que estive em sua casa, você quase derrubou as paredes por causa desse mesmo... amor! Não vi nada de "coisa linda" no barulhão!

— Ah, não era amor de verdade, tia! — defendeu-se a menina. — Eu não gostava e não gosto do Marcos César. Palavra! A senhora não acredita? Pois eu lhe conto: nós começamos a conversar como amigos, entende? Quando falei em casa quem era ele, mamãe ficou toda acesa porque é filho de uma amiga dela, as duas frequentam o mesmo cabeleireiro!

— Se ao menos as duas tivessem frequentado a mesma escola, ainda vá lá! — suspirou a tia, continuando a balançar-se. — Sua mãe é mesmo uma criatura meio cuca fundida! E daí?

— Daí, a família de Marcos César é muito conceituada, tem dinheiro. Por isso, mamãe começou a pensar em minha estabilidade. A senhora pode imaginar que ela começou até a ouvir a marcha nupcial! Acha que pode, titia? Sou ainda uma criança!

— Não me venha com essa de criança, Lília! Criança? Morda aqui! Você é muito espertinha e sabe muito bem o que quer. Pensa que não estou desconfiada desses olhos brilhantes, de toda essa correria? Teatro? Pois sim! A coisa aí *é* com o *dono* do teatro. Não sou boba!

Ao ouvir aquilo, Lília levou um choque.

— Que é isso, titia? Eu...

— Sou velha, mas não sou cega. Não me venha com mentira, Lília, que não caio fácil! Escute — interrompeu o crochê —, não vejo nada de errado no amor. Ninguém é dono de seu próprio coração! Acontece que, para os inexperientes, o amor é perigoso, é mais ou menos como meter-se a soltar rojão... sem nunca ter soltado antes: pode explodir no rosto. Não estou pedindo explicações, nem satisfações. Apenas estou recomendando que vá com calma. Isto é: o amor às vezes nos faz perder a cabeça e, quase sempre em nome do amor... cometemos memoráveis burradas.

— Titia...!

— Estou no púlpito, estou adorando fazer sermão. Sabe por quê? Por causa da sua mãe. Foi muito a contragosto que ela permitiu que você viesse para cá. Ela não confia em você. Mas eu confio. Já pensou no que vai acontecer se sua mãe fica sabendo que, mal chegando aqui, você já se enrabichou por esse dono dos fantoches?

— Ela nunca vai desconfiar, a não ser que a senhora conte!

— Eu? Deus me livre! Tenho cara de linguaruda?

— Desculpe, titia! — pediu Lília, arrependida. — Não foi isso que eu quis dizer.

— Eu sei que você não falou por mal. Mesmo assim, preciso me cuidar porque sua mãe está na jogada. Sei que, mesmo estando quieta lá em São Paulo, o pensamento dela continua aqui, com você. Aposto que todas as noites ela diz a seu pai que não estou tomando conta direito de você. Até parece que você é uma criancinha!

— A senhora acha mesmo que mamãe é capaz de uma coisa dessas?

— Do jeito que ela quer bem a você e se preocupa com o seu futuro, juro que ela faria qualquer coisa para protegê-la.

Lília tentou coordenar melhor as ideias. Parecia que a única coisa viva na sala era o relógio, pois até a tia Ninota havia parado de balançar-se. Simplesmente, olhava para a sobrinha-neta como que esperando uma resposta. Mas, em um coração apaixonado existe lugar para o raciocínio? Lília, agora, estava pensando nas palavras do pai: "A tia Ninota *não é* sua inimiga. Daí, você teria nela uma amiga franca, mesmo que pareça chata ou implicante. Não acha isso uma boa?".

A tia recomeçou a balançar-se. Dorotéa também vivia com as tias porque o pai havia-se casado com a segunda esposa. Seriam as tias de Dorotéa iguais à tia Ninota?

A sobrinha aproximou-se da cadeira de balanço. O nível de seus olhos ficou no nível dos olhos da tia Ninota.

— Titia... o que eu devo fazer? A mão direita parou de crochetar e pousou na cabeça da sobrinha.

— Conselhos não são grande coisa, mas acho que você só *não* deve fazer coisas das quais se arrependa depois. A vida é longa, e o amor cultivado perdura até o fim. Você já viu as esculturas do mestre Aleijadinho?

— Ainda não. Penso que domingo vamos até Congonhas do Campo...

— Muito bem! Quando você estiver observando aquelas obras, pense que elas foram feitas por um homem doente, atacado por uma terrível moléstia deformatória que o proibia até de segurar o macete e o cinzel. Era preciso que lhe amarrassem os instrumentos de trabalho nos tocos de braços. A cada batida que ele dava... a dor era profunda, insuportável! Entretanto, apesar das dores, as obras-primas que ele esculpiu foram terminadas com perfeição e nos falam fundo à alma. O importante de tudo isso, Lília, é apenas uma coisa: o Aleijadinho não teve pressa para terminar o seu trabalho. Ele foi devagar. Cada golpe, apesar da dor, era um sabor, uma expectativa, uma esperança, uma nova emoção. Ver a coisa tomar forma... acontecer... aparecer... Isso também é importante no amor. O amor é uma realização que leva muito tempo, porque é trabalhado dia a dia. Contrário da paixão, mais explosiva, que nem sempre tem um desfecho feliz...

Lília sorriu.

— Você é muito inteligente e sabe o que estou dizendo, não sabe?

— Desculpe, tia Ninota! — pediu Lília, timidamente.

— Uai, do quê?

— Porque eu tinha falado pro papai que a senhora era mandona e chata. Eu estava errada, e papai tinha razão. As pessoas francas podem parecer desagradáveis... mas agora eu estou vendo que a franqueza é muito importante! Gosto muito da senhora! — assim dizendo, deu um beijo na testa da velha.

Por alguns momentos, tia Ninota ficou pensativa. Depois, endireitando o corpo, fingiu-se carrancuda:

— Vamos, vá ensaiar no seu teatrinho que não tenho tempo para continuar nessa conversa mole!

Lília caminhou até a porta. Ali, olhou para trás e despejou:

— Adoro a senhora! — saiu correndo enquanto, sorrindo a balançar a cabeça, a tia voltava ao seu crochê interrompido.

16.

Uma grande história de amor

Durante toda a sexta-feira eles não fizeram outra coisa senão ensaiar. Dirceu exigia perfeição. Lá estavam, pois, reunidos de porta e janelas fechadas.

A franja de Tampinha parecia um espanador, tão eriçada. Quando ela se punha nervosa, enfiava os dedos no cabelo e puxava para cima. Por isso, Tereca costumava dizer: "Quando a crista da Tampinha estiver levantada... é sinal de perigo!". E tinha razão. O clima estava tenso. Fazia meia hora que vinham ensaiando a cena do baile no Palácio dos Governadores, e Tampinha não conseguia dar a Bernardina Quitéria o cinismo pedido por Dirceu. Nessa altura, dona Maria do Carmo entrou com um bule de café fumegante e xícaras.

119

— Nada de briga, nada de briga! — pediu com voz tranquila. — O teatro é um meio de união, não de desunião. Sentem-se, descansem um pouco, tomem um cafezinho. Depois, com calma, ensaiarão melhor.

As meninas sentaram-se no palquinho. Os meninos sentaram-se no chão. Silenciosos, tomavam o café.

Depois de alguns minutos, Dirceu levantou-se, foi até o gravador, escolheu uma fita e ligou. A música alegre encheu os ares pouco a pouco, quebrando a tensão. Aí, ele disse:

— Vocês estão ouvindo um fandango. Para o povo, hoje em dia, fandango significa bailinho barulhento, anarquia.

Mas, na verdade, o fandango é uma dança de origem espanhola. No tempo da corte, isto é, em 1788, época em que o visconde de Barbacena aqui chegou para administrar a vila em nome de Portugal, época em que vai acontecer o *nosso* baile... o fandango e o minueto, de origem francesa, eram danças muito populares.

Ele continuou falando a respeito de música, enquanto os alegres sons enchiam a casa da Ladeira da Saudade.

O cenário do palco mostrava como era a riqueza do palácio no passado, aquele mesmo palácio da praça Tiradentes, onde atualmente funcionava a Escola de Minas e Metalurgia. A construção datava de 1743. Seus enormes salões tinham paredes de mais de metro, e portas se fechavam com pesados ferrolhos. O prédio de dois andares possuía, em cada um deles, sete janelas. Toda a frente era protegida por um paredão maciço com guaritas, e, em cada óculo, via-se a estátua de um soldado. O cenário do teatrinho mostrava a parte interna do magnífico salão de baile. Em frente a cada porta havia um espelho para os convidados. Incidindo sobre esses espelhos, a luz produzia um efeito mágico, caleidoscópico. Daniel havia desenhado a orquestra — músicos diante do cravo, o violinista, o flautista, o tocador de corne inglês — como se estivessem afinando os instrumentos para o início do baile da posse do novo governador, o visconde de Barbacena.

— É uma das mais belas noites de Ouro Preto — disse Dirceu, começando a descrever a memorável cena lírica perdida na página da História. — O palácio está todo iluminado a velas. Volta e meia, os criados passam para substituir as que estão se apagando. Ali, reúnem-se os elementos mais importantes da sociedade. O visconde e a viscondessa de Barbacena já chegaram e conversam com os juízes das várias comarcas. Conversam também com os contratadores de dízimos e de estradas, com os oficiais de regimentos, com as gordas senhoras que vigiam as suas filhas...

Será grandioso o baile para comemorar a chegada do representante da rainha de Portugal! E, agora... apeando daquela carruagem vermelha, vocês sabem quem acaba de entrar no palácio?

Feita a pergunta, Dirceu enfiou a "meia", calçando o fantoche do poeta Tomás Antônio Gonzaga.

— *Eles* chegaram! — explicou, fazendo um sinal para Daniel e Vanderci.

Os dois companheiros levantaram-se. Um pegou o fantoche de um homem de sessenta anos, cabelos brancos: o poeta e advogado Cláudio Manuel da Costa. O outro pegou Manuel Inácio da Silva Alvarenga, o jovem poeta de cabelos negros, marido de Bárbara Heliodora. Eram os três amigos inseparáveis: Gonzaga, Cláudio e Alvarenga, que costumavam reunir-se na casa de Gonzaga para "curtirem" poesia. Ao clubinho deram o nome de *Arcádia*, pois, naquele tempo, era costume na Itália e em Portugal os poetas terem suas arcádias, que era o local para reuniões literárias. Os poetas inspiravam-se no clima da Grécia antiga, da Grécia clássica, buscando, nesse ambiente, motivos para suas poesias. Eles sonhavam ser pastores, vivendo nos verdejantes pacíficos campos da Grécia de antigamente. Ali, encontravam a paz, ouvindo o balido das ovelhas e o som da flauta de outros pastores apascentando. Cláudio havia adotado o nome de Glauceste. Sua musa inspiradora era chamada Eulina. Alvarenga preferiu o nome de Alceu e inspirava-se em Laura. Quanto a Gonzaga, era o Dirceu que, para compor seus versos, pensava apenas em uma garota: Marília.

Substituindo as fitas, Dirceu ligou o mesmo fandango com fundo de vozes de pessoas conversando, rindo, barulho de patas de cavalos batendo nas irregulares pedras do calçamento de Ouro Preto. Dava até a impressão de que as carruagens estavam mesmo chegando ao palácio!

— Depois de levar três horas só para colocar a cabeleira branca que somente os magistrados usavam — continuou Dirceu —, Gonzaga e seus amigos chegam ao palácio onde já estão dona Catarina Leonor e Teresa Matilde, as tias, acompanhando as sobrinhas Ana Ricarda e Maria Dorotéa. Vamos representar esta cena agora?

— Posso fazer o papel da Marília para experimentar? — pediu Lília, toda animada.

Dirceu fez que sim, e ela apanhou o fantoche. Marília era linda! Pele clara, olhos e cabelos negros, vestia saia-balão cor-de-rosa e bem armada, com entremeios em tom de chá que subiam pela cintura até o busto. O decote abria-se em mil babados de renda. Os ombros, em seda crespa, eram estofados. As mangas, estreitas e longas, afunilavam-se nos braços, um talhe perfeito de boneca!

Tampinha pegou Bernardina Quitéria. Também morena, bonita, tinha os sedosos cabelos negros presos atrás com fita encarnada. Usava vestido vermelho e branco a portuguesinha de olhos vivos e maliciosos. Todos sabiam que aquela linda mulher já havia sido namorada de Gonzaga antes de o poeta conhecer Dorotéa. Porém, muito interesseira, Bernardina Quitéria trocou Gonzaga por um coronel baixinho e rico: Joaquim Silvério dos Reis. Quando, entretanto, Bernardina Quitéria entendeu que Gonzaga havia facilmente se esquecido dela por causa da Dorotéa, resolveu voltar, tentar reconquistá-lo. Gonzaga, porém, não queria mais saber daquela moreninha, pois estava apaixonado por Dorotéa, a sua Marília. Zangada, Bernardina Quitéria jurou vingança. O baile do governador estava acontecendo em um ambiente tenso daqueles.

— Atenção, vamos começar! — avisou Dirceu. — Todo mundo atento. Um... dois... três!

Música e eco das patas dos cavalos indicavam que os três amigos estavam chegando ao baile. Todo sorrisos, o visconde e a viscondessa de Barbacena recebiam os convidados. Linda e elegante, a viscondessa correu a cumprimentar Gonzaga, chamando-o de "Poeta". O baile estava animadíssimo! Olhando para o salão, Gonzaga viu as mulheres sentadas junto às paredes. Elas se abanavam com grandes e caríssimos leques. Entre elas, reconheceu as tias Catarina Leonor e Teresa Matilde. Também viu Bernardina Quitéria rodeada por uma porção de rapazes. Ela sorria para todos. No momento em que Joaquim Silvério aproximou-se de Dorotéa, o poeta franziu a testa. Sabia que o insistente coronel, abandonado por Bernardina Quitéria, procurava, por vingança, conquistar o coração da menina Dorotéa! O coração do poeta encheu-se de ciúme!

— Sou muito rico, senhorita Dorotéa! — disse o insistente coronel. — Possuo muitas fazendas, escravos e tenho pouco mais de trinta anos. As pessoas dizem que sou meio grosseiro, mas, acredite, não o sou. Muito ao contrário, até que sou generoso para com aqueles que me fazem o mal. Como vê, serei um excelente marido, mas a resposta definitiva, claro, depende... da senhorita!

Era o pedido formal de noivado. Dorotéa começou a abanar-se nervosamente.

— De mim, coronel?

— Sim, senhorita! — e beijou-lhe a mão. — Apenas a senhorita, somente a senhorita poderá responder se aceita ou não a minha proposta!

— Oh! — murmurou Dorotéa em desespero, olhando a toda volta. Quando viu Gonzaga, chegou a sorrir. Aliviada, perguntou ao coronel:

— Perdoe, senhor Joaquim Silvério! Por acaso o senhor não está vendo o poeta Gonzaga?

125

O coronel olhou. O poeta animadamente conversava com o visconde e a esposa. A pergunta de Dorotéa tinha sido o mesmo que dizer: "Por acaso o senhor não sabe que é a Gonzaga que amo?". Irritado, Joaquim Silvério deu meia-volta e afastou-se. Com isso, Gonzaga aproximou-se dela.

— Minha querida Marília, o que aquele homem queria de você? — perguntou o enciumado poeta.

— Nada, nada, apenas conversávamos...

— Espero que ele não a tenha magoado, meu anjo. Quero protegê-la contra todos que a possam fazer sofrer!

Enquanto os fantoches trocavam juras de amor no palquinho, atrás Dirceu olhava fundo nos olhos de Lília.

— Não deixarei que o mundo jamais faça você sofrer! Nunca, nunca, nunca! — repetiu, beijando-lhe o rosto. Depois, sorriu e recitou:

"Não se queixe nunca, menininha dos cabelos da noite,
que Dirceu roubou-lhe o coração!
O coração de Dirceu já era seu desde sempre!
Porque você, menina dos olhos de ônix,
foi quem primeiro o prendeu com as correntes do amor.
Todos amam... todos amam!
Por que quer, Marília, fugir dessa lei tão natural?"

— Eu não fujo, Dirceu! — respondeu Lília, hipnotizada pela melodia. — Estou aqui, agora. Toda sua!

Com as mãos erguidas, segurando os fantoches de Gonzaga e de Dorotéa para que se beijassem, Dirceu e Lília também se beijaram apaixonados, atrás do palquinho do Grupo Pedra-Sabão.

— Vivaaaaaa! — aplaudiram os companheiros. — Foi a mais linda cena de amor que Gonzaga e Dorotéa representaram até hoje!

Só então Lília e Dirceu caíram em si.

— Se a coisa sair do jeito que estou pensando — disse ele, meio atrapalhado — *esta* história de amor também vai ficar gravada para sempre na memória de toda Ouro Preto!

Depois, olhando para Lília, acrescentou:

— A *nossa* história de amor, naturalmente!

17.

Cantando e namorando a lua no céu negro

— No sábado de manhã aconteceu a primeira apresentação do teatrinho de fantoches. O palco foi montado na praça do Mercado Novo. Atarefadas, as meninas ajudavam a descarregar o material da perua do pai do Vanderci: bonecos, cenários, aparelhagem de som... O povo observava curioso a montagem rápida e mágica.

— Assistam ao Teatro de Fantoches do Grupo Pedra-Sabão! — anunciava Lília, distribuindo programas. — Não percam *Uma grande história de amor*, a história de Ouro Preto agora no teatro!

Dali a pouco, bufando debaixo da sombrinha aberta, tia Ninota e Candinha chegavam.

— Tia Ninota, que ótimo que a senhora veio! — exclamou Lília, feliz da vida. — Eu pensei que a senhora...

— ... não viesse? — e a velha franziu a testa. — Minha sobrinha, você não me conhece mesmo! Primeiro porque, quando prometo, cumpro nem que seja morta. Segundo... bem, estou morrendo de curiosidade para ver essa tal peça de vocês.

Dez minutos depois, ali estavam também os representantes da municipalidade. Aí, todos ouviram os acordes vibrantes de *Gaité Parisienne*, de Offenbach, anunciando a grande abertura. Abertas as cortinas do palquinho, começou o primeiro ato: uma taverna à beira da estrada. Acabava de chegar a carruagem com o visconde e a viscondessa de Barbacena, os novos governantes de Vila Rica.

A peça prosseguiu e, no final do espetáculo, os presentes aplaudiram entusiasmados, e os comentários foram os melhores.

— Nunca pensei que amadores pudessem fazer um trabalho tão bom. Esses jovens são ótimos! Merecem o apoio oficial da prefeitura! — declarou um vereador, cumprimentando a turma. Antes de despedir-se, comprometeu-se a tentar conseguir com o prefeito um local para representações especiais para turistas.

Dirceu recebia os cumprimentos, mas seus olhos vasculhavam à procura de Lília. Quando conseguiu desvencilhar-se do público, aproximou-se da escada onde ela estava encarapitada para ver tudo do alto.

— Vamos, desça! Venha ouvir o que eles estão dizendo a respeito do *nosso* trabalho! — convidou.

Lília obedeceu. Quando ele a olhou fundo nos olhos, viu que estavam vermelhos.

— Ei, o que foi? Você chorou? — perguntou.

— Sou uma boba e o fim da peça me deixou deprimida... — explicou-se ela, secando as lágrimas.

Não deu tempo para Dirceu responder. Tia Ninota e Candinha aproximavam-se. Lília correu-lhes ao encontro.

— Então, titia, gostou?

A velha olhou para Dirceu:

— Então esse é o grande homem responsável por tudo isso que acabo de ver? — perguntou.

— Bem, sou apenas Dirceu — brincou ele. — O *grande homem* fica por conta da senhora.

Endireitando o corpo, a tia tomou posição de sentido.

— Muito bem, ele parece inteligente, e vocês fazem um par interessante. Mas não se assanhe, rapazinho! — e apontou-lhe o dedo. — Minha sobrinha também é muito inteligente! Gostei do trabalho que fizeram. Parabéns! Você tem futuro, rapaz. Posso ver em seus olhos!

Mudando de tom, a tia concluiu:

— Mas não vá pensando coisas, hein? Cuide bem de minha sobrinha — e segurou o queixo de Lília. — Gosto dela como se fosse a neta que nunca tive, entendeu?

Sem esperar resposta, agarrou-se ao braço da Candinha e, empertigadas, afastaram-se rumo ao bairro da Lapa.

— Essa é minha tia... — disse Lília, pensativa. — No começo eu não gostava dela, mas depois... Bem, deixa pra lá! Satisfeito?

— Muito! — e o rapaz sorriu. — Acho que estamos no caminho certo. O resto depende de sorte.

— Aquele vereador ficou muito entusiasmado — observou Lília. — Aposto que vai conseguir o que prometeu. Até parece que estou vendo, como parte dos destaques culturais de Ouro Preto, o "famosíssimo Teatro de Fantoches do Grupo Pedra-Sabão" apresentando a mais bela história de amor destas Minas Gerais...

Dirceu não respondeu, mas seus olhos brilharam estranhamente. Espontâneo, deu-lhe um beijo na testa.

— Louco! — falou Lília.

— Por quê?

Ela não respondeu porque o Daniel aproximou-se:

— Ei, qual é? Pensam que vão ficar namorando aí? — perguntou, fingindo-se zangado. — Temos de levar essa tranqueira toda de volta para casa. Depois, a gente comemora. Que tal com uma boa sorvetada?

Todos concordaram. Na noite daquele sábado, eles ficaram até as dez e meia sentados na calçada da Ladeira da Saudade. Tocando violão, flauta, cantando, namorando a lua no céu negro que se confundia com a silhueta das montanhas distantes. Foi um dia inesquecível para Lília.

18.

Meditações e linhas escritas numa carta

Domingo à noite. Quase onze. Na sala, o relógio pesadão tiquetaqueava e, de vez em quando, bocejava uma pancada. Tia Ninota já havia ido dormir. O sobrado estava às escuras. Em seu quarto, Lília estava deitada de bruços. Havia uma folha de papel sobre o caderno fechado. Abaixo do cabeçalho, estava escrito: "Querido papai". Não havia escrito "mamãe", pois não tinha vontade de contar para dona Flávia tudo o que lhe estava acontecendo. Dona Flávia não entenderia... mas, pensando melhor, Lília acabou resolvendo acrescentar o "mamãe". Pelo menos, dona Flávia não teria motivos para se queixar quando Lília voltasse da viagem. Ela deveria voltar para São Paulo na noite do domingo.

Procurando afastar a tristeza da alma, Lília começou a escrever:

"Saímos domingo de manhã para Congonhas do Campo. Fomos na perua do pai do Vanderci. Éramos sete: eu, Dirceu, Vanderci na direção, Daniel, Tampinha, Teresa e Tunica. A paisagem é muito bonita por aqui. Tão diferente da de São Paulo! Já escrevi contando como é a natureza de Belo Horizonte até Ouro Preto, não escrevi? Pois, agora, vou falar do trecho que vai do cruzamento com a estrada de Belo Horizonte até Congonhas do Campo. Sabem o que primeiro me chamou a atenção? As quaresmeiras floridas! Miúdas, roxas, com pencas de vergar, enfeitam a estrada como se tivessem sido plantadas de propósito. Uma pequena parte das terras mineiras é coberta por arbustos. A maior parte é vestida apenas por aquilo que parece uma colcha rala de veludo. Isso, porque existe ferro no subsolo, e a pequena cobertura de terra não permite que as raízes das plantas penetrem fundo. Daí, a pouca existência de florestas e a presença de vegetação de médio porte.

Pois bem, prosseguimos a viagem. De repente, vimos surgir pela direita a Lagoa Grande. Meu Deus, é pura prata que não tem mais fim! Ela continua... continua! Em suas margens, majestosos eucaliptos rasgam verde o céu, e pequenas cabanas indicam ser ali um ótimo lugar para acampamento. Vimos estudantes apeando de um ônibus para acampar ali. Deve ser uma delícia!

Mais adiante, fica a Lagoa Menor. Perto dela construíram um chalé em estilo europeu. Também vi um prédio branco, comprido, todo cheio de janelinhas: o Motel Clube do Brasil. Fazia um sol delicioso, a vegetação parecia esmeraldas cheias de luz! Algumas nuvens no céu pintavam na terra pequenas ilhas de um verde-negro na vastidão dos campos."

Mordendo a ponta da esferográfica, Lília releu o trecho. Depois, continuou:

"Ao reflexo do sol, o barranco à direita parecia uma capa de prata. Daniel comentou que isso se deve à presença do minério de bauxita. Mais adiante, um platô de ferro. Os tons são escuros, carrancudos! Tratores amarelos, afundados na imensidão daquele estranho mundo, parecem brinquedinhos de plástico. Vi a bandeira brasileira tremulando. Eles cortam as montanhas em fatias, em degraus, parecem pirâmides incas, e os tons de ferrugem são como sangue brotando da terra. Na baixada seguinte, as esteiras da Ferteco Mineração descansavam porque era domingo. Pouco depois, a perua fez uma curva, e entramos por uma longa avenida. Vi casinhas e mais casinhas. Um menino acenou e, logo depois, chegávamos à rodoviária: estávamos em Congonhas do Campo.

Deixamos a perua estacionada próximo à rodoviária, que é baixinha e com duas portas. À primeira vista, Congonhas dá a impressão de uma cidade de bonecas. As casas são tão pequenas, tão baixas, tão bonitinhas!

Descemos por uma rua estreita e atravessamos uma ponte de cimento. Ali perto compramos maçãs e, dobrando à esquerda, passamos debaixo de um pontilhão para começarmos a subir a rua Bom Jesus. Uau, que ladeira! A gente ia subindo devagar, respirando forte, se abanando, porque é de tirar o fôlego! O chão é calçado com pedras irregulares, igual ao de Ouro Preto. Ainda bem que eu estava de tênis, sola de borracha! Com sola de couro você simplesmente patina.

O engraçado é que a rua não tem calçadas como as nossas em São Paulo! A calçada é estreita, parece mais uma escada com degraus longos, por causa do declive. Passamos em frente a um sobrado-hotel cor-de-rosa-choque. Na porta estava sentada uma mulher com bonezinho do Vasco. Mais adiante, do lado direito, fica a capela de São

José. Segundo informou Daniel, foi construída em 1817, é toda caiada de branco e tem as portas de um azul-claro descascado. Por dentro não é muito bonita. Quando saí e olhei para a cidade, lá do alto, senti uma grande emoção. À frente, bem no meio das casinhas, vi a igreja de Nossa Senhora da Conceição, em estilo jesuítico. Fiquei pensando no passado, no tempo em que outras gerações viviam naquela cidade. Agora, o contraste entre o antigo e o atual é espantoso. Quase todas as casas têm antenas de televisão!

Continuamos subindo a ladeira! A rua faz uma curva à direita, depois à esquerda e desemboca em uma praça-ladeira: o Jardim dos Passos. Estávamos morrendo de sede. Por isso, pedimos um copo de água a uma senhora debruçada na janela. Ela tinha o olhar suave de madona e, apesar do calorão, usava malha de lãzinha verde. A água veio geladinha como cristal em caneca de alumínio.

Dali, atravessando a rua, fomos ao Jardim dos Passos, bem à frente. É todo cercado por gradil de cimento rendilhado. Meus amigos, acho que não perceberam, mas, no momento em que coloquei os pés no jardim, tive a impressão de haver mergulhado no passado, no tempo em que Congonhas nasceu. Eu me vi cercada por pessoas vestindo diferente, falando diferente! A meu lado, Daniel ia contando fatos. Eu ia vendo tudo aquilo como se estivesse acontecendo exatamente naquele momento! Sabem o que vi? Escravos abrindo alicerces no topo da colina para a construção do Santuário do Bom Jesus.

A construção da igreja era pagamento de uma promessa feita pelo português Feliciano Mendes a Bom Jesus, o padroeiro de Braga, cidade natal do Mendes. É que, tendo contraído uma grave doença enquanto procurava ouro no rio Maranhão, aqui perto, o Mendes fez uma promessa a Bom Jesus: se se curasse, mandaria erguer a igreja. Tendo, pois, conseguido a cura, tratou o português de conseguir autorização junto a D. Manuel Cruz, bispo de Mariana, e junto ao rei D. José, de Portugal, para a construção da igreja. Eu estava assistindo Francisco de Lima Cerqueira dirigir o serviço da abertura dos alicerces. No trabalho de corte e assentamento das pedras, vi Antunes Costa. Essa era a época em que o movimento barroco dominava em Minas — o santuário foi terminado em 1787.

Sabem o que Tunica perguntou? Se a palavra barroco vem de barro! Caímos em cima dela! Daniel explicou que barroco é o nome dado ao estilo que dominou tanto na música como na pintura, na literatura, na arquitetura daquela época. O barroco é um estilo cheio de vida, de movimentos, contrastes, alegorias. Só vendo uma igreja dessas por dentro, com altares carregados de colunas, anjos, volutas, santos, flores, folhas, ornatos, arabescos e mil detalhes é que a gente entende que o barroco é mesmo uma explosão da alma do artista!

Seis anos depois do início da construção do santuário, o português Mendes morreu. O término da obra ficou a cargo de outros benfeitores. Foram eles que resolveram mandar fazer o adro — o pátio principal da igreja — e o Jardim dos Passos. Nesse jardim ergueram sete capelas quadradas, caiadas de branco e encimadas por torre pontiaguda. São três capelas de um lado, quatro de outro. Daniel informou que, em 1796, chegou a Congonhas um mulato com 58 anos de idade. Vinha acompanhado de dois ajudantes, os pintores Ataíde e Francisco Xavier Carneiro. O mulato, famoso entalhador, chamava-se Antônio Francisco Lisboa, apelidado de Aleijadinho por ser vítima de uma terrível doença deformatória. Era filho de Manuel Francisco Fernandes, português, mestre de construção e arquiteto de obras, mas o nome de sua mãe negra a História não registrou. Que preconceito contra as mulheres, não acham?"

Fazendo outra pausa, Lília pensou em Dirceu. Também filho de mulata e de pai branco. Qual seria a reação da família quando soubesse?

Estremeceu. Não queria pensar naquilo agora. Pensava no entalhador cuja enfermidade atacava-lhe gradativamente os membros, o gênio cujas obras tia Ninota tinha sugerido que ela analisasse bem, dizendo: "Entretanto, mesmo apesar das dores, as esculturas do Aleijadinho foram terminadas com perfeição e nos falam fundo à alma. Ver a coisa tomar forma... acontecer... aparecer... Isso também é importante no amor. O amor é uma realização que leva muito tempo, porque é trabalhado dia a dia. Contrário da paixão, mais explosiva, que nem sempre tem um desfecho feliz...".

Retomando a esferográfica, Lília continuou:

"Foi montada uma oficina para o trabalho dos artistas, e os carros de boi chegavam, trazendo grandes blocos de madeira. O Aleijadinho e seus ajudantes começaram a tirar dos tocos as 66 figuras em tamanho natural para a confecção da "Via Sacra dos Passos de Jesus". Aquelas mãos doentes, que mal podiam segurar o macete e o cinzel, iam dando formas à madeira. Depois, os pintores vinham com banhos de tintas. Uma vez executadas, as 66 figuras foram postas nas capelas do Jardim dos Passos. Elas representam a 'Ceia', o 'Monte das Oliveiras', a 'Prisão de Cristo', a 'Flagelação', o 'Coroamento de Espinhos', 'Jesus Carregando a Cruz' e a 'Crucificação'. Uma capela intermediária mostra um adulto deitado e um anjo anunciando-lhe algo em sonho. O Aleijadinho levou três anos para esculpir essa Via Sacra, e a perfeição das imagens é fantástica! A gente sente a dor no rosto de Cristo, que está sendo crucificado, a angústia no olhar aflito de Nossa Senhora, a maldade no rosto dos algozes. Sabem o que Dirceu contou? Que, certa vez, revoltado com tamanha crueldade praticada contra Jesus, um fazendeiro mineiro, ao visitar as capelas, pregou um tiro em um dos carrascos...".

Dando risada, Lília continuou:

"Em 1800 chegaram os blocos de pedra-sabão para o Aleijadinho entalhar as obras para o adro da igreja de São Bom Jesus de Matosinhos. A doença havia-se agravado. Agora, para trabalhar, precisavam amarrar-lhe o cinzel e o macete aos tocos dos braços, pois ele não conseguia mais segurar os instrumentos. Mestre Aleijadinho vivia muito desgostoso porque fazia só oito anos que Tiradentes havia sido enforcado. Com isso, morria o sonho de liberdade para o Brasil. Depois de muito refletir, o Aleijadinho resolveu, finalmente, retirar das pedras sete profetas menores e cinco maiores. Por isso, hoje, a cada lado do adro da igreja estão Isaías e Jeremias — profetas maiores sustentando dois talismãs. Logo atrás, no primeiro patamar, estão Baruque, à esquerda, e Ezequiel, à direita. Esses profetas maiores inclinam-se um para o outro. Sobre o terraço, Daniel — profeta maior — e Oseias — profeta menor, ambos de perfil, com um joelho flexionado, os braços caídos ao longo do corpo, olham-se face a face. Mais distante, Jonas e Joel aparecem de costas um para o outro. Nos ângulos curvos do pátio, Abdias e Habacuque — um com o braço direito e o outro com o braço esquerdo erguidos. Finalmente, em plano último, Amós e Naum são vistos de frente. Por que a escolha desses apóstolos? Naqueles rostos sombrios, nos gestos e nas formas, teria o Mestre Aleijadinho procurado representar os inconfidentes das Minas Gerais? A cada pancada, uma lasca de pedra é retirada. Vão surgindo as expressões carrancudas, os olhares fulminantes, as vestes esvoaçando, corpos largos, musculosos, cheios de carne. Os enviados de Deus falam de guerra e paz, amor e ódio, vida e morte — um verdadeiro balé místico que cada pessoa interpreta conforme seu próprio coração. Foram nove anos de trabalho para concluir a dança dos profetas do adro do Santuário de Bom Jesus de Matosinhos, em Congonhas do Campo!"

Nesse ponto, Lília interrompeu a escrita para pensar nos profetas que guardavam dentro de si o mistério da verdadeira mensagem do Mestre Aleijadinho. Em seguida, continuou:

"De repente, voltei a mim. Estava de pé no meio da praça. Turistas olhavam desinteressadamente para toda aquela maravilha. Por que as pessoas não dão à arte o valor que ela merece? Por que a maioria dos brasileiros interessa-se mais por futebol do que pelos trabalhos de um gênio como foi Antônio Francisco Lisboa?

Olhei para o Beco dos Canudos, um conjunto de pequenas casas geminadas. Cobertas com telhas-canoas, ficam situadas ao lado esquerdo do jardim. Ali, o turista encontra artigos para lembranças: fotografias, cristais, opalas, turquesas, ágatas, turmalinas, entalhes em pedra-sabão. Comprei uma pequena pia de água benta. Quero deixá-la em meu quarto para nunca mais me esquecer de Ouro Preto!"

Em seguida, Lília assinou a carta. "Nunca mais me esquecerei de Ouro Preto..." — repetiu pensativa. Tinha certeza que isso nunca iria acontecer. Porque, no íntimo, ela não estava querendo ir embora tão cedo de Minas Gerais. E o motivo disso era... Dirceu.

19.

Um cinzento dia de chuva

Lília abriu os olhos e escutou barulho de chuva.
— Oh, essa não, São Pedro! — suspirou, afundando a cabeça no travesseiro.

Mas, ao lembrar-se de que Dirceu tinha falado que iria passar o dia em Belo Horizonte, imediatamente desmanchou a zanga com São Pedro. Dirceu bem poderia tê-la convidado para ir até a capital; assim, ela poderia conhecer a cidade. Ele, porém, ia a serviço com o pai, e Lília não tinha o direito de esperar um convite.

— O dia vai custar para passar! — pensou, atirando longe as cobertas.

Continuou deitada ouvindo o barulho em casa. Tia Ninota conversava com Candinha, mas não compreendia o que falavam. Lília, então, ficou pensando naquelas duas mulheres que eram felizes, vivendo sozinhas naquele mundo. "Tia Ninota nunca se queixava de nada! Será que não sentia saudade do marido? E Candinha? Não tinha casado. Por quê? Alguma desilusão com namorados?"

Pensando nisso, Lília lembrou-se do Marcos César e da mãe. Dona Flávia estava impressionantemente quieta, sem telefonar, sem escrever para falar do ex--namorado...

— Alguma coisa ela *está* tramando! — murmurou Lília, sentando-se na cama. — Mamãe não é das que desistem fácil!

Depois, trocou de roupa e saiu para o banheiro.

Quando entrou na cozinha, Candinha acabava de sovar a massa do pão.

— O dia está chorando — observou Lília, dando uma olhada para fora. O peso da chuva havia deitado o ramo das rosas miúdas e as pencas de jasmim.

— É. Dia chorão assim deixa todo o mundo resfriado — respondeu a empregada. — Nunca vi um tempo chuvoso igual a esse! Esse tempo anda mesmo maluco!

— Cadê a titia?

— Foi até a dona Eulália, a vizinha de cima. Volta logo.

Lília tomou o café, provou uns sequilhos de polvilho, que desmanchavam na boca, e comeu goiabada. Depois, foi até a sala. Da janela, ficou observando a água que caía sobre os telhados das casas. Quando chovia, Ouro Preto ficava cor de cinza, dava a impressão que os morros iam desabar, engolindo tudo. Lília arrepiou-se. Por que a chuva deixa a alma triste? No inverno deveria ser a mesma coisa. Tampinha havia falado que no tempo do frio ali era horrível! Formava a neblina que descia dos morros e ninguém via um palmo adiante do nariz.

"Será que é pior do que em São Paulo?" — perguntou-se Lília, riscando um D no vapor da respiração contra o vidro. Enquanto escrevia outras letras, ia pensando: "Teria Dirceu, mesmo com chuva, ido a Belo Horizonte? E o que estaria fazendo lá naquele momento?".

Ficou um bom tempo pensando no rapaz até que, de repente, ficou irritada por descobrir que estava com ciúme. Bobagem! Ciúme de quem? Esquisito sentir aquilo, mas até ali ela não havia conversado com Dirceu a respeito de outras garotas. O mais esquisito ainda era que ele também não tinha procurado saber nada a respeito dos ex-namorados dela!

— O Marcos César é um bobão! — disse Lília, irritada, passando a mão no vidro e apagando o escrito.

Como o dia estava custando a passar, ela pegou seu velho caderno e foi até a sala. Ali, começou a escrever as coisas que sentia. Fazia tempo que não usava o gravador, preferia escrever as poesias, pois não queria que ninguém as ouvisse.

Quando colocava um ponto final, a porta abriu-se. Tia Ninota entrou, disse alô e seguiu para o quarto.

À hora do almoço, parou de chover. Nuvens escuras boiavam no céu. Algumas pareciam engastalhadas no pico de Itacolomi.

Elas estavam na sobremesa, quando chegou Tampinha.

Sempre falante, usava uma velha capa que lhe chegava quase aos pés. Parecia uma freira! Tia Ninota revirou os olhos, mas não comentou. Tampinha era mesmo a menina mais maluca de Ouro Preto!

As duas saíram pouco depois para levarem a carta de Lília ao correio. O bom de Ouro Preto era que, parada a chuva, a cidade ficava sequíssima. Foram descendo devagar a ladeira, até que, não se aguentando, Lília perguntou:

— Tampinha, responda pra mim: Dirceu tem *outra* namorada?

Tampinha parou, congelada pelo choque. Custou a balançar negativamente a cabeça.

— Não...

— Então, por que você demorou tanto pra me responder?

— Nada, nada!

— Tampinha, você está mentindo! Quando não existe nenhum "grilo", você responde logo. Mas, desta vez, gaguejou!

— Eu não gaguejei, Lília! — respondeu a outra, coçando a franja. — O que acontece é que ele *teve* uma namorada. Veja: eu disse *teve*, pretérito perfeito do indicativo do verbo ter. Mas foi coisa de pouco tempo. Eles brigaram, acabou tudo...

— E onde mora essa menina?

Tampinha mordeu os lábios.

— Em Belo Horizonte. Mas escute aqui — pediu ao ver a cara de Lília. — Juro por Deus que eles não têm mais nada! O namoro acabou, pretérito...

— ... perfeito do verbo acabar, terceira pessoa do singular, já ouvi! — murmurou Lília, pensativa.

— Por que você está pensando nisso agora? — quis saber Tampinha. — Até ontem à noite tudo ia tão bem!

Lília olhou para a amiga. Depois, pôs-lhe a mão no ombro, suspirou e forçou um sorriso:

— Nada, nada, Tampinha! Desculpe! Acho que a chuva me deixou cor de cinza. Vamos esquecer o que eu disse, está bem?

Tampinha confirmou com um movimento de cabeça. Entretanto, não tinha certeza se de fato a amiga esqueceria.

Então, silenciosas, desceram a ladeira comprida até que, virando a esquina, desapareceram.

20.

Caminhando devagar, mãos nos bolsos

À tarde não choveu. As nuvens carregadas iam e vinham sonolentas como se ao sopro de algum gigante. Lília foi à casa de Tampinha. Lá estavam Tereca e Tunica. Ouviram música, falaram de teatro, poesia, tomaram café. Mas, mesmo assim, as horas não passavam.

— O dia está caminhando nas costas de um caramujo — falou Tampinha.

Às quatro horas, Lília voltou para casa. Caminhando devagar, mãos nos bolsos. A temperatura tinha caído, Ouro Preto parecia Londres — foi o que pensou a menina, imaginando que um tempo daqueles deveria inspirar os fantasmas a darem umas voltinhas para assustar o pessoal. Ouro Preto era mesmo uma cidade encantada de um conto de fadas. Das lojas, portas e janelas, abertas para a rua, emanava um cheiro misterioso. Mofo? Não era isso. Era cheiro de coisas antigas, de lembranças: "Se saudade tiver cheiro, *esse* é o cheiro da saudade" — pensou, correndo o dedo sobre uma parede áspera.

Lembrava-se de que, antes de conhecer Ouro Preto, muitas pessoas tinham tentado descrever-lhe o lugar. Mas, por mais detalhes que dessem, não conseguiam transmitir a coisa como realmente era. Por quê? Ou eles não sabiam mesmo descrever, ou Ouro Preto era mesmo uma cidade indescritível? Dentre as amigas, lembrava-se de Laís, a bonita garota de longos cabelos cor de ouro. Esperta, inteligente, Laís morava no Pacaembu. Por que estava pensando em Laís naquele momento? Porque, uma vez, Laís tinha falado sobre Ouro Preto. Conseguiria Lília fazer a amiga *sentir* a terra dos inconfidentes? Como? Explicando que as casinhas eram geminadas, quase todas se erguendo sobre porões habitáveis onde havia lojinhas, butiques, restaurantes e barzinhos? Não bastava! Dizer que os casarões emendados tinham caras de vovós tomando o sol do inverno? Também era pouco! Que a cidade era quase um único telhado marrom- -chocolate com pontos esbranquiçados, como tortas de chocolate com *chantilly*? Verde também existia em toda Ouro Preto. Verde sob a forma de árvores nos pomares ocultando, parcialmente, fachadas, verde nas sarjetas, verde emergindo como tufos de avencas ou tímidas samambaias entre pedras, nos campos, nos morros. Sem dúvida, o barroco era a linfa que sustentava aquele encantado mundo de casinhas de boneca. Pareciam brincar na montanha-russa para baixo, para cima, para baixo, para cima... Seria suficiente explicar à Laís: "Imagine que você acaba de entrar em um presépio". Talvez, fosse mesmo esse o melhor modo de definir aquele mundo de portinholas, janelões, grades de ferro, pedras entalhadas, porões escuros, torres, sacadas, cores contrastantes, muros, obeliscos, lampiões, lanternas, chafarizes, bancos pesadões, praças irregulares, ruas estreitas, ladeiras em curvas apertadíssimas, que faziam com que os motoristas segurassem firme o breque do carro nas descidas. Era um mundo de torres de igrejas erguidas aqui e ali, por toda a parte. Ouro Preto era tudo aquilo, enraizado no ouro que ainda dormia debaixo daquela terra improdutiva para a lavoura.

Enrugando a testa, Lília deu uma olhada para a frente e suspirou:

— É isso que vou tentar contar pra Laís!

Chegou ao sobrado quando estava batendo cinco horas. Banho, jantar, escureceu. Lília continuava pensando em Dirceu. A conversa com Tampinha a respeito da namorada de Belo Horizonte continuava em sua cabeça. Dirceu teve... ou *continuava* tendo uma namorada?

Lília acabou concluindo que deveria tocar no assunto assim que tivesse a primeira oportunidade.

Jantava-se cedo em casa de tia Ninota. As quinze para as seis, as duas já estavam sentadas à mesa grande, na cozinha. Candinha havia feito sopa de legumes.

— Para esquentar e tirar a friagem — brincou ela, servindo boas conchadas.

Lília e tia Ninota conversaram animadamente. A velha comentou sobre o teatro — tinha gostado e reconhecia em Dirceu um moço de valor. Lília pensou que ela estivesse abrindo caminho para falar de outros assuntos, mas a tia não disse a palavra namoro. A sobrinha ficou ressabiada. Por que a tia não fazia sermões, não insistia? Fosse dona Flávia, não perderia a oportunidade.

Já estavam na sobremesa, o telefone tocou.

— Pode deixar que eu atendo, titia — ofereceu-se Lília, disparando para a sala.

Apanhando o fone, colocou-o no ouvido. O rosto abriu-se em um sorriso largo.

— Papai!

— Oi, filha! — respondeu a voz do outro lado. — Como está?

— Bem, e você? E mamãe? O que aconteceu?

— Não se assuste, filha, está tudo bem! Apenas saudade, acho. Estou sentindo falta de você.

— Também estou com saudade de você, papai. Está em casa?

— Não, ainda estou no consultório.

— E... mamãe?

— Também muita saudade. Não vê a hora de você voltar.

Lília ficou pensativa: "Será que a mãe não via a hora de ela voltar por causa do Marcos César?". Já ia abrindo a boca para perguntar; porém, preferiu não tocar no assunto. Então, contou ao pai que lhe havia postado uma carta de manhã. Depois, falou da tia, do grupo teatral, de como era bom viver em Ouro Preto. Terminou com um suspiro:

— Sabe, papai, eu adoraria poder continuar meus estudos... aqui. Você não concorda?

Uma longa pausa do outro lado. Ela percebeu que o pai havia sido apanhado de surpresa.

— Depois que você voltar, a gente conversa sobre esse assunto, está bem? Vamos esperar você no aeroporto, domingo à noite, conforme o combinado. Certo?

— Está bem, papai — respondeu, reticente, porque havia-lhe faltado coragem para pedir para ficar mais uma semana. — Um beijão pra você. Gosto muito de você, sabe?

Recolocando o fone no gancho, ficou pensativa: "Pedir para ficar mais?". Pedir envolveria explicações. A mãe pediria contraexplicações e recomeçaria o atrito entre as duas. Lília ficou longamente olhando para o telefone. Esperava que o pai compreendesse que Ouro Preto estava sendo para ela mais do que um simples passeio de alguns dias de folga.

21.

Encontro junto ao chafariz

Como a igreja do Pilar só abria ao meio-dia, depois do almoço, Lília e Dirceu foram visitá-la. Haviam marcado encontrar-se à uma hora no chafariz próximo ao Palácio dos Governadores.

O sol brilhava. O verde-esmeralda nos morros devolveu-lhe a alegria: "Sou mesmo boba por ter passado uma segunda-feira tão deprimida!" — pensou. Agora, com o sol intenso, nem conseguia imaginar que Dirceu tivesse ido a Belo Horizonte para... visitar outra garota!

Depois de atravessar a praça Tiradentes, viu que ele já a esperava junto ao chafariz. O coração bateu forte, Lília sentiu o sangue fluir-lhe ao rosto. Dirceu veio ao seu encontro. Estava de calças desbotadas, camiseta vermelha, sandálias e tinha as mãos para trás.

— Oi! — deu-lhe um beijo na testa. — Sabe que esta é a antiga rua das Flores? Então, nada melhor do que a gente dar uma flor para quem se gosta — e, tirando as mãos de trás, entregou-lhe um botão de rosa vermelha. — Senti saudade sua!

Lília ficou da cor da rosa e, levada por um impulso, retribuiu o beijo no rosto.

— Também senti muita saudade de você... De mãos dadas, eles seguiram pela antiga rua das Flores até a Casa dos Contos, o imponente casarão todo branco com janelões encimados por arcos. Atravessaram a ponte dos Contos onde, à esquerda, havia uma cruz de pedra ao lado de um cipreste comprido. Seguindo pela rua Tiradentes, desceram pela Ladeira da Saudade até a igreja do Pilar.

O majestoso santuário de duas torres tinha uma grande e alta porta de madeira estofada. O reboco branco apresentava sinais do tempo, e os recortes vermelho-amarronzados contrastavam com o verde-cana da parte em madeira. A cúpula das torres lembrava suspiros de açúcar. Havia uma única cruz central fixa em um arabesco. Silenciosos, os sinos dormiam ao sol quente, na vigia, em suas torres.

Os dois entraram. Protegendo a porta, havia um alto anteparo de madeira. À direita, uma prateleira.

Um rapaz solicitava aos turistas que ali deixassem suas máquinas fotográficas, pois era proibido fotografar o interior da igreja.

Olhando a toda volta, Lília sentiu-se pequena como um grão de areia. Que explosão de detalhes! A nave não era grande, mas o barroco ali era uma festa de linhas, curvas, volutas, flores, capitéis, colunas, anjos e mil outros adornos. Havia três altares de cada lado. Pela esquerda, enfileiravam-se da entrada para o altar-mor os de Santo Antônio, Nossa Senhora do Rosário e Nossa Senhora das Dores. Esta imagem tinha o rosto como de porcelana. De seus olhos escorriam lágrimas de cristal. Vestia-se de veludo roxo.

— Imagem de roca — explicou Dirceu. — Tem mãos e rosto entalhados; o corpo vestido é de madeira bruta, como um manequim. Foi feita em Portugal, no século 19.

Lília observou os entalhes de madeira do altar. Era uma revoada de anjos, flores e guirlandas recobertos por folhas de ouro, tudo sufocado por gladíolos vermelho-sangue em vasos prateados.

— Esta é a *única* igreja onde os anjos têm sexo — disse Dirceu, brincalhão. — Dá para você notar a diferença entre os anjos e as anjas, não dá?

Lília caiu na risada.

Do lado oposto, ficavam os altares de Nosso Senhor dos Passos (também imagem de roca), Santa Ana e o Crucificado.

— Esta foi a igreja mais importante de Ouro Preto — disse Dirceu, conduzindo-a até a nave menor, a do altar central. — Aqui, os governadores da província eram empossados.

Aquela nave era outra apoteose barroca. Toda dourada, de indescritível beleza. A base do altar-mor apresentava-se entalhada com florais em fundo cinza. Lado a lado, subiam quatro grandes colunas de jacarandá recobertas com folhas de ouro. Eram encimadas por capitéis e sobre cada um deles repousava um anjo de pé, em tamanho natural. As duas colunas internas uniam-se à altura do forro por uma guirlanda florida. Acima dela, via-se uma revoada de mais de cinquenta anjos em fundo azul. A base sobre a qual se encontrava a imagem de Nossa Senhora do Pilar, no altar-mor, a Virgem Maria Coroada, erguia-se em lances brancos, com apliques de florões de ouro. Nas paredes laterais, Lília observou a repetição de motivos decorativos semelhantes. O teto fechava-se com uma pintura da Santa Ceia.

— Incrível! — murmurou ela, dando uma passada de olhos pelos outros painéis pintados, representando cenas bíblicas. — É para a gente passar um dia inteirinho observando cada detalhe! Tudo vai muito além da imaginação nesta igreja!

Depois de mais alguns minutos em silenciosa observação, eles atravessaram uma porta que se comunicava com um corredor. Ali, pagaram para visitar o Museu da Prata, anexo à igreja. Depois de passarem por uma portinhola, prosseguiram pelo corredor ao longo do qual enfileiravam-se pinturas do século 19, feitas sobre vidro. Havia também baús, tocheiros, candelabros, suportes para Bíblia. A seguir, vinha um espaçoso salão, com várias imagens antiquíssimas. A que mais chamou a atenção de Lília foi a de um santo gordo. Batina esvoaçante, bochechas caídas, muito feio: São Francisco de Borja.

— Quase redonda, notou? — perguntou o rapaz. — Se quer saber por quê, olhe atrás...

Lília viu uma tampa de um palmo de largura por dois de altura.

— Santo de pau oco — continuou Dirceu. — Antigamente, usavam essa imagem para contrabandear ouro. Espertinho o pessoal, não acha? Passavam a perna no fiscal... e o santo que levava a fama!

Havia outras imagens e crucifixos. Mas o que mais chamou a atenção de Lília foi uma pesadíssima mesa de madeira entalhada, em vinhático, estilo D. João V. Seriam precisos dez homens taludos para transportá-la.

Terminada a visita ali, eles desceram até o porão — à cripta. À luz artificial, em ambiente quase de um sarcófago, viram uma grande coleção de placas ornamentais, turíbulos, caixas para os votos das eleições das irmandades, resplendores, espadas, balanças de São Miguel, coroas — tudo em pura prata. Lília também viu um missal de 1738, o Livro do Compromisso da Irmandade dos Pretos, de 1715 e, em um balcão de vidro, um Menino Jesus de marfim, sinos e mais objetos de prata. No chão, sinos de bronze, talhas de igrejas e altares demolidos...

Voltando ao salão anterior, subiram por uma escada de madeira ao segundo piso. Ali, Lília viu uma ceia em imagens de roca do século 18. As figuras em tamanho natural, vestidas com tecido, não tinham a graça das obras do Aleijadinho. Havia também um altar de Santo Antônio (imagem de roca), tendo, aos pés, um baú em cuja tampa estava escrito: "Do glorioso Capitão, o Senhor Santo Antônio da Matriz de Ouro Preto, 1805".

— Eles promoveram o santo a capitão? — perguntou ela, admirada.

De resto, paramentos antigos em cetim adamascado, bordados em fios de ouro e prata, revelavam o esplendor da igreja no tempo do domínio português no Brasil.

Terminada a visita, saíram. Era como sair de um mergulho no passado para retornar à realidade.

— Quem visita um lugar desses não pode nunca se esquecer de Ouro Preto! — comentou Lília. — Maravilhoso!

— Está bem, menina, mas não precisa ficar com *essa* cara de museu! — brincou Dirceu. — Agora, vamos até a estação ferroviária respirar ar puro e curtir a natureza, está bem?

Lília fez que sim. Sempre segurando o botão de rosa vermelha, já meio murcha, acompanhou-o passo a passo, devagar.

22.

Os céus da antiga Vila Rica

Às cinco horas, quando voltavam para a casa, ali na praça Tiradentes, ele fez o convite:

— Hoje à noite a nossa turminha vai jantar no Chafariz. Topa?

— Comemoração especial?

— Aniversário de um amigo. De vez em quando, fazemos essas reuniões. É gostoso!

— Imagino! — e Lília sorriu. — Está bem, topo. A que horas?

— Às oito.

Uma piscadinha, um beijo no rosto, ela seguiu pela rua da casa do poeta Gonzaga. Uma olhada para trás, um aceno, e Dirceu desapareceu engolido pela ladeira.

Lília sentia-se feliz. Cantarolando, pensava nas belezas que tinha visto na igreja do Pilar. Ao passar em frente à casa do Gonzaga, olhou na direção de onde teria sido a casa de Marília. Sentiu um aperto no coração ao pensar no grande amor que havia unido o poeta a Dorotéa. Ao entardecer, a natureza ficava carregada com tons mais fortes. O morro atrás da casa de Dorotéa era de um verde-azulado-escuro-mágico.

Ao chegar à casa, o sol pintava o poente de cor de cenoura. As pencas de jasmins e rosas brancas floriam perfumosas no jardim. Da cozinha, ela ouviu Candinha cantando; na sala, o rádio estava ligado. Tia Ninota escutando música sertaneja. Era tudo repousante, lindo! Quem desejaria ir embora de um mundo daqueles?

Subiu correndo os degraus de pedra e foi direto ao encontro da tia, dando-lhe um beijo no rosto. Depois, contou todas as maravilhas que tinha visto. Quando terminou, a velha fez um aceno com a cabeça e olhou para o botão de rosa.

— Ponha essa coitada na água — disse. — Está murcha! Mas, pelo jeito, ela foi mais importante que todas as obras de arte que você viu, não foi?

Lília ficou atrapalhada. Antes que respondesse, a tia acrescentou:

— Eu sei, não precisa ficar aí me olhando desse jeito! Também já fui mocinha e ganhei muitas rosas, pensa que não?

— Titia, a senhora deveria ser investigadora de polícia! — retrucou a sobrinha. — A senhora não deixa escapar nada!

— Isso é para vocês, jovens, saberem que nem todos os velhos são gagás como vocês dizem! — declarou tia Ninota, encolhendo os ombros.

Lília tomou banho e vestiu-se de branco. Percebendo que ela mal havia tocado na comida, tia e empregada entreolharam-se. Lília resolveu esclarecer:

— Comi pouco porque vou jantar com uns amigos no Chafariz. Não é jejum de paixonite! Alguma dúvida?

— Nenhuma — respondeu a tia. — Apenas uma sugestão: não se esqueça de pedir feijão de tropeiro. Visitar Minas e não comer o prato mais famoso é a mesma coisa que ir a Roma e não ver o Papa.

Às sete horas, Lília desceu para a casa de Tampinha onde Tereca e Tunica já a esperavam. Tampinha estava gloriosa! Com a franja repartida, havia colocado uma enorme fita roxa de cada lado da cabeça. De longe, parecia avião de duas hélices.

— Ela está toda saliente só porque vai ver o Chicão — disse Tereca, rindo molengona.

— Não é nada! — zangou-se a baixinha.

— É sim! Faz mais de ano que você arrasta as asas para ele, pensa que não sei? — teimou Tereca, rindo abafado.

— Estamos em família, não precisa disfarçar — xereteou Tunica.

— Todos nós sabemos que, para você, é Deus no Céu e Chicão na Terra...

— Acho melhor não discutirmos por causa de namorados — aparteou Lília. — Se você gosta mesmo dele, Tampinha, por que esconder?

— Porque ele dá oito dela — explicou Tereca, numa risada de sacudir o corpo inteiro. — Chicão parece uma jamanta... e ela uma xicrinha de café!

— Vá amolar o boi! — resmungou Tampinha, batendo os pés. — Não vou deixar que palpites cretinos estraguem a minha noite gloriosa! Vamos, Lília, dê cá o braço. Você é a única que me compreende!

As quatro subiram devagar para o restaurante onde os amigos já as esperavam. Dirceu estava conversando com Daniel e mais um rapaz alto, magro, de cabelo curtinho. As meninas foram chegando. Abraços, parabéns ao aniversariante, conversas, até que, chegando do fundão do restaurante, apareceu um sujeito alto. A cabeça quase batia no teto.

Tinha cara de bebê, olhos redondos e sorriso largo. Quando o viu, Tampinha avermelhou.

— Precisa que alguém lhe apresente Chicão? — perguntou Tereca, cutucando Lília. — É *isso* aí!

Os jovens uniram as mesas e puseram-se a examinar o cardápio. Lília observou o restaurante cujas duas largas portas abriam-se para a rua estreita, a mesma onde existia a casa de Tiradentes. O teto era de tábuas largas e, ao centro, era apoiado sobre um trilho. Devia ser um lugar muito antigo! O que teria sido ali no passado? Alguma taverna? Um armazém! Ou uma ferraria? Será que Tiradentes nunca teria entrado... ali?

Dali a pouco, a mesa estava forrada com refrigerantes. Sendo dia de semana, o movimento do restaurante não era grande. Eles também pediram salgados para comemorar o aniversário do Jorge Luís, o de cabelo curtinho. Depois da refeição, sobremesa e cafezinho, com alegria e muitas risadas, Vanderci pegou o violão e começou a cantar. Dirceu retirou a flauta do bolso e acompanhou-o. Pegando a caixinha de fósforo, Daniel fez a marcação do sambinha. Em poucos minutos, estava improvisado o conjunto ao qual até o Chicão aderiu cantando. Foi uma noite deliciosa! A reunião só terminou às quinze para as onze. Então, os amigos voltaram para a casa, de baixo de um luarão prateado que boiava nos céus da antiga Vila Rica.

23.

O sangue negro de Aleijadinho

Na tarde de quarta-feira, todo o grupo foi visitar a igreja de São Francisco de Assis, situada de frente para a casa do poeta Gonzaga.

A fachada do santuário é diferente das demais igrejas de Ouro Preto, que são planas e com torres em linhas retas. A igreja de São Francisco tem o frontispício projetado para a frente. Apresenta, também, sacadas laterais à porta (na frente), que é encimada por um medalhão em pedra-sabão, representando o santo de Assis. Suas torres cilíndricas erguem-se em recuada do frontispício.

— Bonita, não é? — perguntou Dirceu. — Projeto do Aleijadinho, o Mestre Lisboa. Esse medalhão de São Francisco é uma de suas mais belas obras!

Entraram. À porta, uma mesinha e um rapaz vendendo ingresso. Sendo a igreja um museu, cobra-se uma pequena taxa para sua conservação e limpeza. O interior apresenta altares com imagens de roca. Todas com expressão triste e roupas em marrom-café, pois é essa a cor do hábito dos frades da Ordem Terceira de São Francisco. Também há um belíssimo púlpito ricamente entalhado. O piso assoalhado em madeira é dividido em quadros e tem um pequeno orifício ao centro. Daniel explicou que, antigamente, os frades eram ali sepultados.

Atravessando silenciosamente a capela, foram admirar o retábulo do altar-mor, construção entalhada em arabescos que fechava todo o fundo do altar até o teto. Fascinada, Lília não conseguia desviar os olhos da expressão risonha dos anjos barrigudos, das guirlandas de flores, das colunas e volutas talhadas pelo genial Aleijadinho.

— ... um mulato baixo, gordo, cabeçudo, de testa larga, lábios grossos, orelhas de abano, pescoço engolido, barba espessa, quase um monstro disforme. Sempre escondido dentro de uma casaca azul de pano grosso, que lhe chegava até os pés — murmurou Dirceu, descrevendo o artista daquela obra-prima. — Ele precisava usar sapatos especiais e, quando trabalhou nesta igreja, estava com sessenta anos... Todo deformado pela doença que dia a dia o aleijava mais e mais...

Como podia Lília imaginar um ser humano feio e disforme daqueles, tirando tanta beleza da madeira e da pedra? Saindo por uma porta à direita, eles visitaram o museu do Aleijadinho, localizado nos fundos e na parte superior da igreja, onde chegaram subindo por uma comprida escada de madeira.

Terminada a visita ao segundo cômodo, os dois ficaram um pouco ali no alto. Da lateral coberta da igreja, podiam avistar a baixada de Ouro Preto na direção da Matriz de Antônio Dias e o sobrado de tia Ninota — o bairro da Lapa. Os sete amigos debruçados observaram a cidade sossegada.

— Impressionante! — disse Tampinha, coçando a franja. — Como Mestre Lisboa conseguiu fazer tanta coisa bonita? Meu Deus, eu que tenho as duas mãos perfeitas não consigo fazer nem um boneco de papel!

— Contam que, uma vez, Mestre Lisboa aprontou uma boa para José Romão, ajudante de ordens de Bernardo José de Lorena, o governador de Minas — disse Daniel, brincalhão. — O governador tinha mandado chamar Mestre Lisboa ao palácio. Ao vê-lo, José Romão assustou-se e disse: "Nossa, que homem mais feio!". Com isso, Mestre Lisboa ficou irritado e perguntou: "Foi para me chamar de feio que vocês mandaram que eu viesse aqui?". Nisso, chegou o governador e pediu ao Aleijadinho que esculpisse uma imagem de São Jorge, no tamanho de um adulto, com articulação nos joelhos. Essa imagem desfilaria, montada a cavalo, na procissão de *Corpus Christi*. "Uma estátua assim, parecida com o meu ajudante de ordens" — disse o governador, olhando para José Romão. E o que fez Mestre Lisboa? Vingou-se, fazendo a imagem de São Jorge com a *cara* do Zé Romão! Tanto assim que, depois da procissão na qual São Jorge saiu pela primeira vez, todo o mundo recitava esta trovinha: "O São Jorge que ali vai, com ares de santarrão, não é São Jorge nem nada, é o coronel José Romão!".

Todos caíram na risada.

— Ouvi dizer que até os quarenta e sete anos, Antônio Francisco Lisboa, o Mestre Lisboa, era um homem muito alegre — observou Tereca. — Foi aí que ele começou a sofrer aquela doença deformatória. Uns dizem que era zamparina, epidemia que primeiro apareceu no Rio de Janeiro. É uma doença que ataca o sistema nervoso e o sistema locomotor. Outros dizem que era escorbuto, falta de vitamina C no corpo. Também falam em sífilis, em lepra... Que coisa, essa vida é mesmo esquisita! Justamente um escultor, aquele que mais precisa das mãos, acaba perdendo-as! Mas Mestre Lisboa foi um homem de tal coragem que, *mesmo* sem elas, continuou esculpindo. Não é incrível?

— Para piorar, ele era mulato, filho de uma negra escrava e de um português — murmurou Vanderci, pensativo. — Viveu como bastardo em um mundo de preconceitos onde só os brancos mandavam. Mestre Lisboa foi mais do que um artista, ele foi um herói!

Imediatamente, Lília pensou no sangue negro que corria nas veias de Dirceu. O que diria dona Flávia quando soubesse?

— Onde nasceu Mestre Lisboa? — perguntou ela, procurando afugentar o pensamento.

— Aqui mesmo — respondeu Daniel. — Ninguém sabe a data certa, teria sido entre 1730 e 1738, era filho de Manuel Francisco Lisboa e de uma escrava. Nessa época, Ouro Preto era a capital da Província, vindo para cá todo o ouro extraído das Minas Gerais. Por esse motivo, era a capital cultural do Brasil. Aqui existia o melhor comércio, viviam religiosos ilustríssimos, doutores que haviam estudado na Europa, poetas, músicos, artistas... Não foi à toa que começou, aqui, o movimento da Inconfidência! Ouro Preto *era* a capital cultural do Brasil! Isso fez com que se iniciasse o grande movimento de construção de igrejas, pois as irmandades precisavam comprovar a sua força política.

Olhou, então, rumo à Matriz de Antônio Dias.

— Foi esse movimento que levou dois irmãos portugueses a emigrarem para o Brasil: Antônio Francisco Pombal e Manuel Francisco Lisboa. O primeiro, um grande entalhador, completou os entalhes da capela-mor da igreja de Nossa Senhora do Pilar. O segundo, mestre de ofício de carpintaria, assumiu o risco e a direção das obras da Matriz de Antônio Dias. Foi esse homem que, unindo-se a uma negra, teve um filho ao qual deram o nome de Antônio Francisco Lisboa, o futuro Aleijadinho...

— Quer dizer que a arte estava no sangue da família, não é? — perguntou Tunica.

— Estava — concordou Daniel. — Além de arquiteto, o pai do Aleijadinho era um grande artista. Quando o pequeno Antônio Francisco era apenas uma criança, o pai já dirigia importantes construções em Ouro Preto: a Casa da Câmara... o presídio... a ponte sobre o córrego Antônio Dias... chafarizes... Isso sem falar de outros trabalhos que andou fazendo em outras cidades por aí!

— E como foi que o menino Antônio Francisco aprendeu tantas coisas? — quis saber Lília.

— Acompanhando o pai ao serviço, vendo, observando, ajudando. Ele via o pai entalhar pedras, desenhar fachadas, ajudava nos projetos. Era um menino muito inteligente! Certamente, o pai e o tio o ensinaram a ler, a escrever, a contar... Dizem que o único livro que ele leu foi a Bíblia.

Seria esse o motivo pelo qual vivia tão ligado aos temas religiosos? Os frades também lhe ensinaram um pouco de latim e de música. O menino não perdia tempo, aprendia tudo o que podia, principalmente quando observava os grandes mestres como, por exemplo, João Gomes Batista, artista português que conhecia a fundo a arte da fundição, e Francisco Xavier de Brito, grande entalhador. Certamente, esse menino conheceu também dezenas de arquitetos, projetistas, entalhadores, canteiros, pintores, uma centena de artistas cujo nome a História não guardou e que viviam aí por Ouro Preto. Esses artistas desconhecidos deixaram suas obras nas casas, nas igrejas, nas imagens, nas pontes, em toda a parte...

Daniel continuou:

— Mais tarde, o pai dele casou-se com uma portuguesa, Antônia Maria de São Pedro, quando Aleijadinho ainda era pequeno. Do casamento, nasceram quatro filhos. Como foi a vida do pequeno Antônio Francisco? Teve carinho ou sofreu? Quem é que sabe? Quando o pai morreu, Antônio Francisco estava na casa dos trinta. Era um homem decidido, não queria ser pedreiro nem mestre de obras nem construtor. Ele sonhava mais alto: desejava ser entalhador e escultor. E foi! Antônio Francisco imortalizou suas obras, que continuam vivas até hoje em toda a Ouro Preto e em quase toda Minas Gerais!

— Dizem que tinha um gênio muito forte! — acrescentou Vanderci. — Depois que ficou doente, Antônio Francisco passou a fugir de todo mundo.

Achava que os outros riam dele porque, além de feio, ficava cada vez mais deformado. Ele tinha três escravos que sofriam muito em suas mãos! O escravo Maurício o acompanhava por toda a parte e era também um grande entalhador. Negro fiel e dedicado. Às vezes, quando irritado, Aleijadinho lhe despejava a raiva em cima, atacando-o a bengaladas. Outro escravo, Agostinho, também o ajudava como entalhador. Quanto a Januário, punha seu dono no burro e dirigia o animal por toda a parte onde o Mestre Lisboa quisesse ir. Quando o Mestre estava trabalhando na Matriz de Antônio Dias, geralmente voltava para a casa... nas costas do Januário. Isso, porque o Aleijadinho morava perto da igreja, claro.

— Perto? — admirou-se Lília. — Onde?

— Ali, no bairro da Lapa, onde fica o sobrado de sua tia Ninota.

O vento despenteou o cabelo de Lília, que continuava olhando sonhadora para a Matriz de Antônio Dias.

— Quando ele morreu? — perguntou com voz apagada.

— Em novembro de 1814, dia 18 — respondeu Vanderci. — Por causa da doença, nos últimos anos de sua vida Mestre Lisboa pouco trabalhou. Durante quatro anos, ele viveu em casa de sua nora Joana. Seus dois últimos anos de vida passou deitado em um estrado de tábuas, sem levantar-se, com um lado do corpo todo cheio de feridas. Dizem que só fazia uma coisa: ler a Bíblia e pedir a Deus que lhe desse descanso. Finalmente, Deus ouviu-lhe os pedidos... e o menino Antônio Francisco finalmente adormeceu. Foi um enterro muito simples. Aleijadinho foi sepultado ao pé do altar de Nossa Senhora da Boa Morte, na Matriz de Antônio Dias.

Calou-se Vanderci. Lília tinha a garganta apertada e lágrimas nos olhos. Por que estava emocionada? Pelo homem ou pelo artista?

Não sabia responder. A vida do mulato aleijado era um profundo mistério. Ali estava a prova de que a alma e o corpo não são uma única coisa. A prova de que, independente da cor da pele, o homem pode estar mais perto de Deus.

As obras do Aleijadinho atestavam essa grande verdade.

24.

Heróis da terra de horizontes mais bonitos do Brasil!

Quarta-feira à noitinha. Dirceu e Lília saíram para tomar sorvete. Em janeiro a noite demora para cair. Às sete e meia o céu ainda tomava lampejos de ouro em fundo violeta. Quando os dois se encontraram, as primeiras estrelas mal despontavam.

— Só agora entendo por que Belo Horizonte tem esse nome — disse Lília, observando o morro atrás do qual o sol tinha-se enfiado para dormir. — Nunca vi pores de sol tão bonitos como estes!

— Oferta da casa! — brincou o rapaz. — Em Minas, os horizontes são sempre coloridos.

— Então, Minas é a terra dos horizontes mais bonitos do Brasil!

— Nenhum deles é tão bonito como você, Marília! — murmurou ele, muito sério.

Lília estremeceu. Seu rosto parecia translúcido à luz dos postes que começavam a acender-se. O vento brincava-lhe com os cabelos. Ela estava toda de branco, romântica, contra o fundo dos casarões históricos. Os olhos negros, sonhadores, lábios vermelhos, uma expressão de radiante felicidade.

— Você é muito bonito! — disse ela, levando-lhe carinhosamente a mão ao rosto. — É bonito por fora... e por dentro!

Com ternura, Lília deu-lhe um rápido beijo nos lábios. Depois, pegou-o pela mão.

— Vamos! Quero o sorvete que me prometeu. Duplo e de morango!

Conversando alegremente, eles dirigiram-se a um barzinho na praça Tiradentes.

Apesar de Lília rir alto e de brincar, dava para transparecer que algo lhe perturbava a alma. Dirceu sentiu aquilo. Depois do sorvete, enquanto o ventinho frio soprava, eles caminharam de mãos dadas em direção à Ladeira da Saudade.

— Você está sentindo *alguma* coisa? — perguntou ele, quando o silêncio só era quebrado por vozes distantes. — O que é?

A pergunta pegou-a de surpresa. Como explicar o que sentia? Tristeza porque no fim da semana iria embora? Preocupação por causa da *namorada* em Belo Horizonte? Não, nada disso! A história do Aleijadinho a tinha posto triste. Não podia esquecer-se do triste fim de vida daquele artista que havia sofrido tantas pressões pelo fato de ser feio, aleijado e negro. Não o haviam perdoado apesar de ter doado tantas maravilhas ao mundo?

— Estou um pouco deprimida, é só! — confessou, a custo. — Foram as coisas que ouvi sobre... Mestre Lisboa!

Ele compreendeu. Sabia que aquela garota era muito sensível, que as menores coisas a abalavam. Interrompendo a caminhada, olhou-a de frente. No silêncio dos olhares, ele leu um grito de protesto na alma de Lília: "Você também tem sangue de negro, e também é artista! Estou preocupada com você!". Entretanto, Dirceu nada comentou. Continuou olhando-a firme, como se respondesse: "Apesar dos preconceitos, o mundo mudou um *pouco*, Marília! Não de todo, mas um pouco. Sou um artista e prometo que, por amor à minha arte, *não* hei de ter o mesmo fim que ele teve!".

Levada por forte emoção, Lília ergueu os braços, atirou-se ao pescoço dele e beijou-o.

— Não quero que você sofra! Não quero que o mundo maltrate você! — exclamou.

Ficaram abraçados por alguns momentos. Depois, com ternura, ele afastou-lhe os braços.

— Ei, garota, que é isso? Coragem! A culpa foi toda minha que lhe contei fatos tristes sobre uma vida alegre! Vamos, acabe com essa cara feia! Vou-lhe contar uma história divertida. Quer ouvir?

Ela fez esforço para sorrir. Então, eles sentaram-se na Ladeira da Saudade. Para cima, a cidade. Para baixo, a igreja do Pilar, adormecida ao luar.

— Era um vez uma mulata bonita, decidida e de cabeça oca — começou Dirceu. — O nome dela era Francisca da Silva e morava no Tijuco, atual Diamantina. Pois bem, Chica da Silva virava a cabeça de qualquer homem! Foi nessa época que ali chegou o desembargador João Fernandes de Oliveira, contratador de diamantes, homem de muito dinheiro. O que fez Chica da Silva? Tanto mexeu, tanto se mostrou, que acabou deixando o "portuga" doidão. Ele ficou de tal modo embeiçado pela mulata que jurou satisfazer-lhe o maior sonho de sua vida: é que Chica queria viajar de navio, sem precisar ir ao mar. Então, o "portuga" mandou construir um gigantesco açude e um navio a velas, igualzinho a um navio de verdade. Assim, Chica da Silva pôde, sossegadíssima, navegar no seu navio, sem ter de viajar até o oceano!

Lília sorriu.

— E tem mais, hein! — continuou Dirceu. — Sabe que Chica da Silva costumava ir à igreja toda coberta de diamantes? Ia acompanhada por doze criadas no maior rigor! Dizem que, quando ela passava, todo mundo se curvava e vinha beijar-lhe as mãos. A coisa chegou a tal ponto que, enciumado com a popularidade da mulata, D. João V, rei de Portugal, proibiu negros e mulatos, mesmo livres ou alforriados, de usarem seda, tecidos finos e joias!

— Desaforo! — protestou Lília. — Chica deu bola?

— Deu nada! Viveu feliz e morreu numa cama de cetim!

Com um gesto de ternura, Dirceu abraçou-a.

— E o Chico Rei, já ouviu falar dele?

— Não...!

— Era chefe de uma tribo na África. Um dia, os traficantes de escravos o prenderam com sua mulher e filhos e os trouxeram para o Brasil. Foi uma viagem horrível! Muitos negros morreram — inclusive a mulher e os filhos dele, sobrevivendo apenas um. Quando o navio chegou ao Rio, Chico Rei foi vendido como escravo para trabalhar nas minas, aqui em Ouro Preto. Mas, apesar de escravo, pensa que ele desanimou? Nada disso! Trabalhou como um touro, juntou dinheiro, comprou a liberdade do filho, a dele próprio, a de amigos... Foi libertando um a um, todos os que pertenciam à sua tribo africana. Com o tempo, Chico Rei comprou a mina de ouro chamada Encardideira, que fica na saída para Mariana. Casado pela segunda vez, começou a ser visto pelos amigos como rei de verdade e acabou fundando um Estado dentro de Minas Gerais. Assim, tornou-se rei, e sua mulher, rainha. Agradecido a Deus, com o ouro de sua mina Chico Rei mandou construir, no morro do Vira-Saia, aqui em Ouro Preto, a igreja de Santa Ifigênia. Sabe o que ele *exigiu*? Que todas as imagens fossem negras: Santa Rita de Cássia, São Francisco de Assis, as Nossas Senhoras... Todo dia 6 de janeiro — dia dos Reis Magos — lá estavam o Chico Rei, sua mulher, a rainha, os príncipes, a corte inteira para vê-lo ser coroado.

Lília respirou fundo.

— Bonito! Um rei africano que se tornou rei no Brasil!

Fez uma pausa e olhou para o telhado da igreja do Pilar, agora transformado em pura prata de luar.

— Sabe de uma coisa, Dirceu? Foi bom Ouro Preto ter acontecido em minha vida. Aqui, conheci um outro lado do mundo, uma realidade diferente que não existe em minha terra... conheci você... a Ladeira da Saudade... Não me vou esquecer de tudo isso. Prometo! Nem que eu viva mil anos!

Ele continuou com o braço sobre o ombro dela. Sentados nas pedras. Juntinhos, felizes, identificados, ao sabor da brisa e assistidos pelo luarão que preguiçosamente fazia a sua jornada pelos caminhos das estrelas.

25.

Leve-me nas asas do seu amor

    Na quinta-feira de manhã, Lília e as Tetetês foram conhecer a Matriz de Antônio Dias. Como nos demais santuários barrocos, viram uma sucessão de anjos, flores e guirlandas recobertos de folhas de ouro. No altar-mor, a Virgem da Conceição. O coronel Cícero Pontes a encomendara em fins do século 19, cópia da Virgem pintada por Murilo, famoso pintor espanhol. A Virgem ascendia aos céus, tendo aos pés uma revoada de anjinhos barrigudos. O fundo do altar era em azul-claro e amarelo-palha. Ao lado da Virgem, as imagens de São João Nepomuceno e Santa Bárbara, ambos em tamanho natural, esculturas do século 18. Ficavam em nichos protegidos por colunas abraçadas por guirlandas que subiam até o teto. Ali, outra revoada de anjos parecia aguardar a chegada da Virgem.

Na Sala das Tribunas puderam admirar palmas, relicários em madeira do século 18, sacras — ou suportes para os livros de missa — com aplicações de ouro. Na Sala do Consistório, amplo salão onde antigamente eram realizadas as assembleias das irmandades, estavam expostos antigos livros com registros de compra e venda de escravos, testamentos e livros das irmandades. Ali, também viram os registros de óbito de Mestre Lisboa, o Aleijadinho, e de seu pai.

Capas de asperges, em damasco, bordadas com fios metálicos verde e prata, agrupavam-se naquele museu. Sustentado por oito varas de jacarandá com anéis de ouro e terminais de prata, o pálio servia para cobrir o Santíssimo quando da procissão do Corpo de Deus ou outras importantes cerimônias religiosas. Na sala da sacristia-mor havia esculturas da primeira metade do século 18. Depois, a turma visitou a cripta, porão com paredes forradas de pedras, colunas de grandes blocos também de pedra e tábuas largas no assoalho. Ali, puderam admirar muitos ornamentos de prata e a famosa imagem de São Francisco de Paula, obra do Aleijadinho. Tinha a cabeça esculpida em pedra-sabão pintada, e roupa de veludo bordada em galões de prata. A par, uma coleção de crucifixos, turíbulos, campainhas, mesas, cetros de irmandades, taças de prata, um grande

Crucificado do século 18, obra também do Aleijadinho. E, antes de irem embora, estiveram visitando, em respeitoso silêncio, o túmulo do grande artista barroco, debaixo do altar de Nossa Senhora da Boa Morte. Nele, entalhada na madeira, havia a seguinte inscrição: "Aqui jaz Antônio Francisco Lisboa, o Aleijadinho. 1738(?)-1814".

Em seguida, visitaram a igreja de Santa Ifigênia, para conhecer as imagens negras do Chico Rei. Com isso, a manhã voou.

À tarde, as quatro tornaram a sair para visitar a prefeitura, o Centro de Estudos e o Morro da Forca.

Às quinze para as sete, depois da janta, Lília encontrou-se de novo com Dirceu, lá no chafariz, na esquina da antiga rua das Flores com a praça Tiradentes. Aquela noite, ela sentia-se muito à vontade. Tanto que conseguiu fazer a pergunta que lhe estava presa na garganta. Foi à queima-roupa:

— E aquela sua namorada de Belo Horizonte?

Dirceu deu uma olhada. Ficou sério, mas logo caiu na risada:

— Aposto que foi Tampinha quem andou batendo com a língua nos dentes, não foi?

— Bem, eu perguntei.

Dirceu contou tudo. Sim, ele já tinha tido algumas namoradas, relacionamentos que não haviam durado muito tempo. Renata Cláudia era a menina de Belo Horizonte.

— Se quer saber a verdade, ela mudou-se para Caratinga. A gente nem se corresponde.

Lília encolheu os ombros.

— Agora, você — pediu ele. — Quero saber tudo sobre os rapazes de sua vida.

Lília não guardou segredo algum. Na verdade, não tinha tido muitos namorados. O último havia sido Marcos César e... quando terminou o relatório, notou certa apreensão no rosto de Dirceu.

— O que sua mãe está achando deste seu passeio a Ouro Preto? — perguntou.

Ela estremeceu.

— Para dizer a verdade, não sei! Parece que está tudo muito bem, mas, às vezes, fico assustada, porque mamãe não é de desistir fácil. Estou achando muito estranho que ela nem tenha me telefonado para dizer *como* o Marcos César está sofrendo por minha causa!

— Ora, vamos deixar esse careta e a sogra para lá! — brincou Dirceu, procurando afugentar a tristeza. — Escute, por que você não...

Calou-se, porém, antes de terminar a frase.

— Vamos, pergunte! O que você ia dizendo? — insistiu ela.

— Bem, por que você não pede transferência para estudar em Ouro Preto? Você disse que quer fazer o magistério, quer ser professora. Temos boas escolas e...

Os olhos dela brilharam.

— Foi exatamente isso que pedi a papai, quando ele me telefonou. Mas, antes, ele acha que a gente deve conversar pessoalmente. Por isso, quando eu voltar a São Paulo, vamos discutir o assunto. Domingo está tão perto! — suspirou. — Temos só a sexta e o sábado. Depois...

— Não fale do depois, Marília! — pediu o rapaz. — Vamos deixar o depois para depois, tá? Está uma noite tão linda! Por que estragar tudo com preocupações?

— Está bem!

— Agora, vamos até minha casa, que quero dar-lhe uma lembrança.

— Uma lembrança? Meu Deus, o que será?

Seguiram ambos pelas ruas conhecidas. Depois de descerem a Ladeira da Saudade, entraram no salão do teatrinho dos fantoches do Grupo da Pedra-Sabão. Luz acesa. Nos cômodos dos fundos, o rádio estava ligado.

— O pessoal da prefeitura ainda não deu resposta se vai ajudar vocês? — perguntou ela, dirigindo-se aos fantoches.

— Ainda não. Mas acho que é quase certo que vão — respondeu Dirceu, desaparecendo atrás do palquinho. Lília ficou olhando. Dali a pouco, escutou música de flauta — gravação. Aquela mesma música que ele havia tocado para ela na ponte de Marília. Em seguida, apontou no palquinho o poeta Tomás Antônio Gonzaga. Lília riu.

Abrindo os braços, o poeta começou a declamar:

"Menina dos cabelos cor de vento,
menina que tem a voz do luar;
menina dos olhos pretos como os morros da noite
de minha terra!
Marília, a doce Marília dos lábios-botão-de-rosa
e sorriso da Virgem.
Não deixe o seu poeta sozinho nas brumas de
Ouro Preto-saudade, Marília!
Quando voltar para a garoenta terra dos
bandeirantes, quero partir com você, Marí-
lia...
Leve-me nas asas do seu amor!"

O fantoche estendeu-lhe a mãozinha.

Emocionada, Lília segurou-a.

— Não precisava pedir, meu querido pastor! — disse com ternura. — Marília levará você para a terra dos bandeirantes, mas Marília promete que voltará um dia... Ela voltará porque... sem você, meu poeta, não há motivos para Marília existir!

Erguendo-se na ponta dos pés, ela deu um beijo no fantoche.

Detrás do palco, Dirceu sabia que aquele beijo era para ele. E a promessa de voltar também.

26.

O sobrado ficou mais alegre

O relógio da sala tiquetaqueava preguiçoso. Eram quase nove horas de uma deliciosa manhã de sexta-feira, quando o telefone tocou. Tia Ninota pegou o fone e, depois de uma rápida conversa, desligou.

— Oh, Deus do céu! — murmurou, caindo sentada numa cadeira.

— O que foi, dona Ninota? — perguntou a Candinha, assustada com a expressão da patroa.

— A prima Carminha. Lembra dela? Mulher do Juca Oliva, lá de Sabará. Pois está hospitalizada em Belo Horizonte. Passando muito mal. Acham até que desta vez ela não escapa!

Lília sentiu um aperto na boca do estômago.

— Coitada! — murmurou Candinha. — Uma mulher tão alegre! Gostava tanto de contar piadas sujas...

— Candinha, não é hora de pensar nisso! — retrucou a tia, fazendo cara feia. — Oh, me ajudem, eu preciso ir vê-la. Coitada da Carminha!

— Ajudamos sim, titia, ajudamos! — concordou Lília, segurando-a pelo braço e amparando-a até o quarto. — Onde está a sua mala?

Sentada na cama, a tia abanava-se nervosamente.

— Lília, como vou deixar você aqui sozinha? Se Carminha piorar, não sei quando poderei voltar e...

— Titia, não sou nenhum nenezinho que precisa de mamadeira na boca! — respondeu a sobrinha. — Candinha está aí, tudo bem! Não se preocupe! Quais vestidos a senhora quer levar?

Com os olhos vermelhos, a tia deu uma fungada.

— Escuros. Você não acha melhor eu ir prevenida?

Apesar da expressão de tristeza da tia, Lília quase deu risada, pois tia Ninota fazia uma cara engraçada.

Estava Lília colocando as roupas na mala, quando escutou barulho de colherinha mexendo na xícara. Entrou Candinha com um chá de hortelã cujo aroma perfumado logo inundou o quarto.

— Tome um pouco, dona Ninota — recomendou. — É bom para os nervos.

— Eu *não* estou nervosa, Candinha! — protestou a tia, com um olhar reprovador.

Diante da carranca da empregada, ela só teve de apanhar a xícara e tomar a bebida. Depois, Candinha retirou-se e, talvez pelo efeito do chá, a tia retomou o controle.

— Está bem! — disse, levantando-se. — Acho que já sou capaz de arrumar a minha própria mala. Vejamos, quais vestidos você colocou aí?

Como o ônibus só sairia dentro de uma hora, tia Ninota teve tempo para um banho, vestiu um conjunto de algodão cinza e, vinte minutos depois, o táxi chegava ao sobrado.

Candinha olhou pela janela e já foi empurrando a patroa para fora. Lília carregou a mala. Ela resolveu ir até a rodoviária com a tia.

Uma vez no automóvel, a tia pôs a cabeça para fora e começou:

— Cuide direitinho da casa, Candinha! Feche portas e janelas! Não se esqueça da comida para Lília. Se precisar de algum recado, telefone, o número do hospital está na caderneta, debaixo do vaso... — O motorista ficou olhando pelo retrovisor até que a tia ordenou que seguisse. Mal, porém, o carro havia arrancado, ela enfiou de novo a cabeça pela janelinha e ainda ordenou: — Candinha, recolha a roupa do varal, que já deve estar seca!

"Essa minha tia é o máximo!" — pensou Lília, observando a velha de bochechas vermelhas.

O carro subiu contornando a cidade, passou em frente à Santa Casa e estacionou na ampla praça da rodoviária. Lília apeou, pegou a mala, e tia Ninota foi ao guichê retirar a passagem. A rodoviária era acanhada. Uma bilheteria pequena, forro de treliça de taquara em trançado estreito. O ônibus verde já estava estacionado em frente à loja de objetos de pedra-sabão anexa à rodoviária.

— Se eu me atrasasse cinco minutos, perderia o ônibus — disse a tia, enquanto o motorista colocava a mala no bagageiro. — Só havia duas passagens!

— Calma, tia, calma! — pediu Lília. — Não se afobe, vai dar tudo certo!

A tia respirou fundo e olhou para a sobrinha.

— Lília, querida, acho que não preciso recomendar que você... tenha cuidado, não é?

A sobrinha fez que sim.

— Pode deixar, titia. Sei que a senhora está pensando em mamãe. Prometo não fazer nada que mamãe possa jogar a culpa em suas costas.

— Sei disso, querida! — a tia sorriu. — Antes de ir embora, queria dizer-lhe uma coisa...

— Pois então diga, titia!

— É que gosto muito de você! Estes dias com você em casa, o sobrado ficou mais alegre. Sangue novo, entende? Sabe, lá vivemos só eu e a Candinha, duas velhas. De repente, chegou você, jovem... e parece que eu me senti mais jovem também. Obrigada, Lília!

Lília sorriu com a confissão da tia. Quando poderia imaginar que a barulhenta e implicante mulher tinha um coração tão mole, tão terno? O *por dentro* de tia Ninota era uma coisa maravilhosa!

— Eu também gosto muito da senhora, titia! — respondeu Lília, abraçando-a. — Agradeço seu convite para esta viagem a Ouro Preto. Foi a coisa mais linda que poderia ter acontecido em minha vida!

O motorista fez sinal para embarque. Novos abraços, novos beijos.

— Lília, telefono amanhã dando notícias. Vou dar um jeito de voltar no domingo para levar você até o aeroporto. Não se preocupe!

Em seguida, tia Ninota entrou, e o ônibus foi embora. Lília ficou longamente olhando para o pico de Itacolomi. O sol iluminava toda a Ouro Preto. Automóveis coloridos subiam e desciam pelas ladeiras como se fossem brinquedos de corda. Tudo era miniatura — Ouro Preto era uma cidade do faz de conta para ficar sempre guardada no coração.

27.

Agora, este é um país livre

Na sexta-feira à noite, o grupo reuniu-se num barzinho para tomar sorvete e refrigerante. Pouco antes de se despedirem, Tampinha convidou Lília para almoçar em sua casa, já que tia Ninota tinha ido viajar.

No sábado de manhã, a tia telefonou, informando sobre o estado de saúde da prima. Ela só poderia regressar a Ouro Preto na manhã do domingo.

— Chegarei antes do meio-dia — disse. — Ajudo você a preparar as coisas e voltaremos para Belo Horizonte. Não se preocupe. Terei tempo de sobra para botar você no avião para São Paulo. Como vai a Candinha?

193

Depois de um animadíssimo almoço em casa de Tampinha, à uma hora Lília encontrou-se com Dirceu. O passeio planejado era: conhecer o Museu da Inconfidência.

Havia muitos turistas na praça Tiradentes, onde se localizava o museu. Ele tinha a lateral voltada para os fundos da igreja do Carmo. Os dois jovens namorados subiram a escada de pedra do edifício de dois andares, que tinha, ao centro, uma torre alta com um grande relógio. Antiga penitenciária, o museu possuía paredes grossas e piso de lajes retangulares.

À esquerda, em uma arejada sala, viram uma coleção de peças de altares de antigas igrejas, colunas e imagens. Chamou a atenção de Lília um bloco de cedro onde o artista havia começado a entalhar uma imagem. Tinha o corpo quase terminado. Sem as mãos, que eram encaixadas depois. A cabeça, entretanto, ainda não estava pronta. Era da autoria de um padre.

— A morte pegou-o de surpresa, antes que pudesse terminar o seu trabalho — observou Dirceu, lendo as informações ao pé da obra.

Naquele momento entrou um casal. O homem baixo e gordo, descendente de japonês, usava óculos escuros. A mãe, alta e molengona, abanava-se. Com eles, um menino de três anos. O encapetado soprava desafinado uma flauta estridente. Os turistas começaram a olhar feio. A molengona falou:

— Para com isso, Maurinho! Aqui não é lugar disso! É falta de educação!

Maurinho não ligou a mínima. Ao contrário, tocou mais alto.

Para fugirem do garoto, Dirceu e Lília subiram a escadaria de pedra e desembocaram no plano superior do museu. Salão de oito janelões abertos para a praça Tiradentes. Ao lado da porta da entrada, dois grandes quadros a óleo: Suas Majestades D. Pedro II e a Imperatriz Teresa Cristina. Ele, elegante em farda azul-marinho, olhar tranquilo e firme. Ela, também de azul-marinho, vestido com babado cor de ouro, a tiara de diamantes, cachos e rosto oval. Morena. No mesmo salão eles viram, ainda, peças de um presépio incompleto talhado por Aleijadinho. Ali estava a famosa imagem de São Jorge com a cara do Zé Romão! Viram, a mais, a planta da Capela de São Francisco de Assis, em São João del Rei, projeto do Mestre Lisboa. Protegido por um vidro, o desenho a nanquim e aquarela parecia haver sido feito na véspera. Impressionante!

No salão seguinte, presépios de vários tamanhos a par com imagens de incrível beleza. No cômodo dos fundos estavam guarda-roupas, bancos, cômodas, camas, objetos de prata, retratos a óleo que puderam examinar com atenção. Até que, de repente... a flauta de Maurinho voltava à cena! Na porta apontava o casal e o endiabrado moleque, que tinha sete fôlegos!

— Vamos embora daqui antes que eu engula esse capeta! — falou Dirceu, puxando Lília pela mão.

Desceram para visitar as salas na parte de baixo do museu. Ali ficavam as antigas celas da prisão, com janelões fechados por grossas grades de ferro. No chão de pedras, orifícios circulares: os sanitários de antigamente. Também havia uma pia entalhada em pedra, num degrau a oitenta centímetros do chão e, ao lado, uma série de sanitários.

Na sala anexa havia uma cadeirinha do século 18. Era presa, na parte de cima, a uma grande canga em cujas extremidades iam escravos carregando o sinhô.

— Esse era o "automóvel" de nossos bisavós — brincou Dirceu.

Havia também um esquife todo entalhado. Servia para transportar os mortos que, naquela época, em vez de caixão, iam enrolados em lençóis. Uma carruagem escura, quase negra, chamou-lhes a atenção. Estavam eles examinando-a atentamente, quando...

— Maurinho, pare com essa flauta, menino! — ralhou a mãe, tentando tomar a flautinha do moleque.

Sem parar de soprá-la, Maurinho sentou-se na cadeirinha, empoleirou no esquife e abriu um berreiro porque o pai não deixou que ele entrasse na "diligência do Django".

No salão dos fundos estavam objetos pessoais de Tiradentes. Em um quadro, sua sentença de morte. Ao centro do salão, em um vermelho anêmico, sinistro, parte da trave da forca onde, no dia 21 de abril de 1792, Joaquim José havia sido enforcado no Rio de Janeiro.

Lília estremeceu.

— Parece mentira que tudo isso tenha sido verdade! — disse ela. — Quando estudei a história da Inconfidência, nunca senti a realidade assim... tão de perto!

Percebendo o quanto ela havia ficado emocionada, Dirceu saiu em direção à outra sala. Quando iam atravessando a porta, viram no chão, quase juntas à parede, duas lápides. Lília parou e leu os nomes: — Maria Dorotéa Joaquina de Seixas e Bárbara Heliodora Guilhermina da Silveira Bueno. As mulheres da Inconfidência?!

Ele fez um movimento afirmativo com a cabeça e respondeu:

— Bárbara Heliodora, a esposa de Inácio José de Alvarenga Peixoto, o amigo de Gonzaga, o Alceu...

— E Dorotéa, a Marília de Dirceu! — ajuntou Lília, lembrando-se da peça do Teatro de Fantoches. Pela traição de Joaquim Silvério dos Reis, todos os inconfidentes haviam sido presos por ordem da rainha, D. Maria I. Teria mesmo tudo acontecido pelo ciúme de Quitéria Bernardina que, procurando vingar-se de Gonzaga, que a havia repudiado, aceitava casar-se com Silvério dos Reis *com a condição* de que ele conseguisse, junto ao visconde de Barbacena, a prisão do poeta Gonzaga e de seus companheiros inconfidentes? Em meados de 1789, Silvério dos Reis havia entregue ao visconde uma denúncia, por escrito, delatando os inconfidentes. Depois, partia para Mariana para casar-se com Quitéria Bernardina. Teriam, pois, dado certo os planos de Quitéria?

Certo ou errado, quando Marília soube da ordem de prisão de Gonzaga, desesperada, correu à casa do poeta. Era de noite, chovia tempestuosamente. Toda molhada, Marília caiu nos braços do poeta, que a tranquilizou, fazendo com que Dorotéa voltasse para sua casa. Altas horas da madrugada, Gonzaga ouviu tropel de cavalos, ruído de espadas, vozes e coronhadas à porta. "Abram em nome da rainha!" — ordenavam. Procurando manter-se calmo, Gonzaga abriu a porta. Depois de o tenente-coronel haver-lhe dado voz de prisão, o poeta voltou-se para a escrava nhá Tonica e pediu: "Não me vou demorar. Fique aqui e tome conta da casa. Quando amanhecer, vá até a Casa-Grande e acalme a sinhazinha Dorotéa. Tenho certeza de que vou voltar logo...". Apanhando a rosa de um vaso, entregou-a à escrava: "Entregue-lhe esta rosa" — pediu. "Diga a ela que a guarde até a minha volta." Em seguida, ofereceu os pulsos para serem algemados. Fazendo um supremo esforço para não chorar, o poeta ergueu a cabeça e seguiu em frente. Em pouco tempo, os dragões do reino desapareciam levando o prisioneiro, enquanto a pobre escrava regava a rosa com suas próprias lágrimas. Isso aconteceu em meados de maio de 1789.

A notícia da prisão do poeta sacudiu toda a Ouro Preto! Pouco depois, Cláudio Manuel da Costa, o poeta-advogado, também era detido. Mais tarde, ele seria encontrado enforcado em sua cela. Suicídio ou assassinato? Afinal, um advogado, bom conhecedor das leis, sabia defender-se melhor do que um leigo, talvez pudesse escapar. Mas a verdade sobre sua morte jamais seria esclarecida.

Foi Gonzaga interrogado quatro vezes: em 17 de novembro de 1789, em 3 de fevereiro de 1790 e em 1º e 4 de agosto de 1791. Finalmente, no dia 18 de abril de 1792 foi ele conduzido ao oratório da cadeia para, com os demais inconfidentes, ouvir a sentença final. Que choque aqueles homens se reverem! Entorpecidos, sofridos, exaustos, sombras do passado, desesperançados, verdadeiros mortos-vivos, que haviam passado anos em porões úmidos das cadeias de pedras. Quem eram eles agora? Foi Gonzaga condenado ao desterro perpétuo, partindo para Moçambique no dia 23 de maio de 1792. Nessa altura, Joaquim José da Silva Xavier, o Tiradentes, já havia sido enforcado, recaindo sobre ele toda a responsabilidade pelo movimento da Inconfidência em Minas Gerais. E Dorotéa? Mudou-se para a fazenda do pai. Ali, fechou-se para o mundo. Suas maiores preciosidades eram as poesias de Gonzaga, que ela constantemente lia. Poesias escritas quando se encontravam, poesias que ele lhe mandava da distante África.

*"Nas noites de serão nos sentaremos
cos filhos, se os tivermos, à fogueira:
entre as falsas histórias, que contares,
lhes contarás a minha, verdadeira.
Pasmados te ouvirão; eu, entretanto,
ainda o rosto banharei de pranto.*

*Quando passarmos juntos pela rua,
nos mostrarão co dedo os mais pastores,
dizendo uns para os outros: — Olha os nossos
exemplos da desgraça e são amores.
Contentes viveremos desta sorte,
até que chegue a um dos dois a morte."*

Assim, sem jamais ter realizado o grande amor de sua vida, Dorotéa envelheceu serenamente, guardando sua última relíquia: a rosa — agora ressequida — que a escrava lhe havia entregue dizendo: "Gonzaga prometeu que *haveria de voltar*!".

Numa quinta-feira — 9 de fevereiro de 1853 — Dorotéa morreu. Vestiram-na de branco e puseram-

-lhe a grinalda de flores de laranjeira com a qual ela jamais entrou na igreja. Enquanto os sinos das igrejas de Antônio Dias e de São Francisco batiam tristes, levaram-lhe o corpo para ser enterrado na Matriz de Antônio Dias. Mais tarde, os restos mortais de Dorotéa foram trasladados para o Museu da Inconfidência, onde, finalmente, descansaram em paz e para sempre junto a seu amado Gonzaga.

Lília ficou muito emocionada. Estava vendo as lápides dos inconfidentes quando, de repente, estremeceu e segurou forte as mãos de Dirceu. Suplicou:

— Por favor, não deixe!

— Não deixe o quê? — perguntou o rapaz.

— Não deixe que eles levem você embora... Não deixe que eles nos separem como separaram Gonzaga e Dorotéa!

Dirceu deu-lhe um beijo na testa. Depois, passando-lhe o braço sobre os ombros, puxou-a para junto do corpo.

— Não pense bobagens, bobinha! Faz muito tempo que essa triste história aconteceu! Agora, este é um país livre. Quem é que vai poder nos separar?

Lília não respondeu. Silenciosa, deixou que ele a guiasse para fora, para a praça, para o sol. Estava uma bonita tarde de sábado. A confiança de Dirceu reconfortou-a. Ele tinha razão: quem seria capaz de separá-los?

28.

O abraço no boneco de Gonzaga

Despediram-se na esquina da rua da casa do poeta Gonzaga. Lília seguiu pela ladeira, e Dirceu, atravessando a praça, ainda lhe acenou mais uma vez.

Lília caminhou devagar, porque continuava pensando na história de Dorotéa e Gonzaga. Como teriam sido os últimos dias do poeta em Moçambique? Ele havia-se casado com uma nativa de lá. Poderia considerar isso infidelidade para com Dorotéa? Ele a havia *amado* até o fim, pois, até sua morte, continuou escrevendo poemas de amor à garotinha de olhos e cabelos negros que vivia solitária na fazenda de seu pai, em algum lugar das Minas Gerais.

Quando avistou o Beco da Lapa, Lília estranhou ao ver um automóvel parado junto ao sobrado. Pensando na tia Ninota, subiu a ladeira quase correndo.

— Titia! — chamou, entrando pelo jardim.

Assim que entrou na sala, topou com a figura da mãe. Dona Flávia estava sentada no sofá. Ao vê-la, Lília levou o maior susto.

— Mamãe! você...?!

Dona Flávia levantou-se. Estava nervosa, mas fazia esforço para controlar-se.

— Sim, eu mesma! — concordou. — Cheguei pouco depois das onze e até *agora* estou esperando você. Incrível, não acha?

Lília ficou atrapalhada.

— Bem, é que fui almoçar com uma amiga, Tampinha...

— E não avisou a Candinha?

— Esqueci, mamãe, desculpe! E, depois do almoço, fui visitar o Museu da Inconfidência.

— Deve ser um museu muito grande para você passar lá quase a tarde inteirinha!

— O que você está querendo dizer, mamãe? — perguntou a menina só então percebendo, perto da mesa, malas fechadas. — Por que essas malas estão aí?

— Porque nós vamos voltar *hoje* para São Paulo, Lília!

Ouvindo aquilo, Lília sentiu o sangue fugindo-lhe do rosto.

— Hoje, Mamãe? Mas... por quê?

Dona Flávia respirou fundo.

— Quanto antes melhor! Chego aqui, topo com sua tia viajando e você aí o dia inteiro como se não tivesse casa para ficar! Partimos no avião das oito!

Desesperada, nervosa, zangada, Lília deu um passo para trás.

— Eu não vou!

Dona Flávia mordeu os lábios.

— Lília, você nunca foi malcriada! Será que o ar daqui a fez rebelde também?

— Talvez sim, mamãe! Esta foi a terra de homens que lutaram para conquistar a liberdade! — respondeu Lília, já mais segura de si. — Eles não gostavam de ser escravos. Ninguém gosta, mamãe!

— As passagens estão compradas — informou dona Flávia sem mudar de tom.

— Pois eu não vou hoje para São Paulo!

— Vai! Você é menor de idade, ainda não é dona de seu nariz. Se insistir, chamarei a polícia! Prefere que eu faça um escândalo?

Ao ouvir aquilo, Lília ficou novamente insegura. A mãe estava falando sério e não era fácil vencer-lhe os argumentos. Por isso, Lília tentou mudar de tática.

— Mamãe, tenha dó, só até amanhã! Preciso despedir-me de meus amigos! Se eu for embora assim, de repente, sem avisar, o que eles vão dizer?

— Você quer despedir-se de seus amigos ou do *seu* amigo? — interrogou dona Flávia, olhando firme.

Lília não respondeu. A mãe continuou, procurando ser menos agressiva:

— Filha, por favor, não sou nenhum carrasco! Estou apenas pensando em você e nesse rapaz chamado Dirceu!

— Como a senhora soube? — perguntou Lília, zangada.

— Não quero fazer nenhum mistério, mas esteve aqui, nesta mesma sala, uma garota chamada Tereca. Ela me contou tudo, tudo. Ela me disse que esse rapaz é dos tais que gostam de teatro — artista, enfim. Filha, o que os artistas ganham neste país, hoje em dia? A maioria deles morre de fome, porque o brasileiro não dá o menor valor à arte! Pensando nisso tudo, resolvi que o melhor para você é ir embora hoje!

Lília ficou tão deprimida que até sentou-se.

— Vamos — insistiu a mãe. — O carro está esperando.

A filha abanou a cabeça devagar.

— Você não está pensando na vida difícil dos artistas coisa nenhuma! Você está fazendo assim porque sabe que ele... *tem* sangue de negro nas veias!

Aí foi a vez de dona Flávia empalidecer.

— Não! Eu não sabia disso!

— Sabia! — gritou Lília, dando um salto. — Sabia, sabia, sabia! Você sempre sabe tudo a meu respeito, mais do que eu mesma! Você vive me vigiando como se eu fosse de berço, não deixa que eu tenha nem meus próprios sentimentos! Você é um carrasco, sim! Você é!

Imperturbável, dona Flávia ouviu todo o desabafo. Depois que a filha explodiu em lágrimas, sem mudar de expressão, a mãe perguntou:

— Terminou a cena? Pois então desça imediatamente para aquele carro — e, voltando-se para dentro, ordenou: — Candinha, venha ajudar com as malas!

— Não *mande* a Candinha ajudar porque ela *não* é sua criada! — gritou Lília, furiosa. — Eu mesma cuido do que é meu!

Dando meia-volta, correu até o quarto, onde apanhou o fantoche de Gonzaga que dona Flávia tinha deixado em cima da cama. Quando voltou à sala, Candinha já estava lá. Assustada, torcia as mãos, sem saber o que dizer.

Morrendo de raiva, Lília atirou a mala dentro do automóvel. Dona Flávia ordenou ao motorista que pusesse o carro em movimento. O assustado homem fez que sim e ligou a chave.

O carro deslanchou poucos metros, e Lília escutou um grito que vinha lá do começo da ladeira:

— Maríííííília!

Seu coração disparou ao olhar para trás. Dirceu e Tampinha corriam com os braços erguidos, chamavam-na. Desesperada, Lília levantou-se, enfiou meio corpo fora da janela do carro e acenou:

— Dirceu!

— Toque depressa este automóvel! — ordenou dona Flávia, irritadíssima.

O motorista imprimiu maior velocidade. As lágrimas rolavam aos borbotões do rosto de Lília à medida que Dirceu ia ficando cada vez mais distante, pequeno, intocável, seus gritos substituídos pelo ronco do automóvel. Depois que ele desapareceu de vez, Lília afundou-se no banco, chorando, agarrada ao boneco de Gonzaga.

29.

Os filhos pensam que os pais são quadrados

      Terça-feira à noite. Desde a chegada de Lília, a casa parecia um cemitério. Ela havia-se trancado no quarto, não comia, não bebia, não falava com ninguém. Ninguém conseguia fazê-la sair da cama. O pai tinha tentado várias vezes. A filha ouvia, ouvia, silenciosa, imóvel, agarrada ao boneco. Parecia morta-viva. A mãe também havia tentado explicar-se. Foi educada, imperativa, ameaçadora — nada surtiu efeito. Marido e mulher tiveram uma longa conversa. Estavam até pensando em chamar um psiquiatra para ajudar. Mas, de que adiantaria? O problema não era dessa natureza. Dr. Rui havia pedido que a esposa não fosse buscar a filha daquele jeito. Havia sugerido que agisse com mais cautela. Ele tinha certeza de que, com o tempo, com uma conversa em particular com Lília, tudo estaria resolvido. No entanto, dona Flávia seguiu sua própria cabeça e tomou o avião sem ao menos avisá-lo. Depois, apareceu trazendo a filha pelo pescoço. Muito bem, estava feito. E agora?

Detrás da porta da sala, Alice escutou tudo.

Às nove e vinte a campainha tocou. Com olhos vermelhos de cansaço, o médico foi atender.

Lá fora, empertigada em seu vestido escuro e segurando a maleta de viagem, tia Ninota. Tão grande foi a surpresa que, por alguns momentos, o médico ficou sem ação.

— Não vai me convidar para entrar? — perguntou a tia, impaciente.

— Claro que sim! — respondeu ele. — Por favor, titia, entre! Como vai?

— Tão mal quanto você — respondeu ela secamente.

Dr. Rui fechou a porta. Tia Ninota foi direto ao assunto:

— A casa está do jeitinho que eu esperava: com cara de velório! Aposto que a menina deve estar de cama, enquanto a mãe, na sala, reclama que é a inconsolável incompreendida!

Tia Ninota era fogo! Pelo jeito de falar, apertando os olhos a cada palavra, era sinal de tempestade chegando. Deveria o médico pedir que ela moderasse as palavras? Naturalmente que não! Ele simplesmente indicou a porta aberta da sala e disse:

— Ela está lá. Veja a senhora mesma!

Deixando a maleta de viagem no corredor, a tia marchou decidida sala adentro. Cômodo espaçoso, cortinas corridas, sofás de couro, dona Flávia perto do quebra-luz. Quando viu a tia, endireitou o corpo e colocou-se em posição de sentido.

— Espero que você esteja bem, depois do papelão que me fez! — começou a tia, plantando-se de pé em frente a ela.

Ao ouvir aquilo, dona Flávia sentiu-se irritada.

— Papelão? — perguntou. — Muito boa! A senhora sai, vai viajar, deixa a minha filha ao deus-dará e depois ainda vem me dizer que *eu* que fiz um papelão?

— Pensei que pudéssemos conversar como pessoas educadas e sem troca de gentilezas — respondeu a tia, sem se mover. — Primeiro de tudo, devo dizer-lhe que a prima Carminha faleceu domingo de manhã e foi sepultada na segunda. Por esse motivo, não vim para cá antes, pois estava em Belo Horizonte, *não* a passeio. Em segundo lugar, Flávia, quero que saiba que você cometeu uma arbitrariedade em minha casa, levando a *minha* sobrinha embora! Os vizinhos chegaram até a pensar em rapto, sabia? Como vê, apesar de toda a sua "classe", você deixou um *bonito* cartão de visitas para trás!

O médico sentou-se em uma poltrona. Em absoluto silêncio, ficou assistindo à discussão.

— Eu não precisaria ter feito o que fiz, se a senhora tivesse tomado conta da minha filha! — acusou dona Flávia, despejando fogo pelos olhos.

— Oh! O bebezinho precisa de quem lhe troque as fraldas e passe talco no bumbum? — rebateu a tia. — Pois eu não sabia! A mim, sua filha me parece uma garota bastante consciente. Ela sabe muito bem o que quer e é capaz de tomar sozinha suas próprias decisões!

— A senhora está sendo cínica, tia Ninota!

— Não! Estou apenas colocando as coisas no plano em que você mesma colocou. Você me acusa de não haver tomado conta de sua filha, e isso é muito grave porque sou uma mulher responsável! Escute uma coisa, Flávia: eu *tomei* conta de sua filha! Se se esqueceu, lembre-se de que fui criada na mesma escola da *sua* sogra! E foi ela que criou o homem com quem você se casou. Alguma reclamação?

Dona Flávia não esperava aquela resposta. Olhou para o marido como se estivesse pedindo ajuda. Dr. Rui, porém, continuou imóvel, pois não queria tomar partido. Percebendo que estava sozinha, dona Flávia procurou não perder a cabeça.

— Ótimo! — disse. — Então, vamos aos pontos que interessam: minha filha portou-se mal em Ouro Preto, beijando publicamente um namorado! E aqui não vai nenhuma falsa moral. O que eu quero dizer é que, depois de beijos... a senhora já sabe o que pode acontecer. Como se não bastasse, a senhora vira as costas, e minha filha fica, o dia inteirinho, a sós com um namorado que eu nem conheço!

A tia olhou friamente para a sobrinha.

— Uma pena, Flávia!

— Uma pena o quê?

— Que você nunca tenha tido uma longa conversa amistosa com Lília! Porque, se tivesse conversado, conheceria melhor a filha que tem. E, se a conhecesse melhor, não ia dizer uma besteira desse tamanho!

— O que a senhora está querendo me dizer?

— Estou dizendo que sua filha é sensata, adulta, sabe o que deve e o que não deve fazer. Em uma semana de contato, eu a conheço melhor do que você! E fique sabendo mais: tivemos um longo papo sobre o amor e suas consequências. Lília entendeu o que eu disse. Tenho certeza de que sua filha jamais perderia a cabeça por um impulso! Eu sei que ela herdou o bom senso da família do *pai*!

— Oh! — e dona Flávia pôs a mão no peito. — Rui, você escutou? Agora ela está me ofendendo!

— Eu tinha pedido para você *não* buscar a nossa filha, não foi? — perguntou o médico.

Dona Flávia já estava começando a perder o controle. Então, partiu para a ignorância:

— Já sei! Agora você se omite, e a responsabilidade passa a ser toda minha! A mãe é sempre a culpada, o carrasco! Foi isso mesmo que a minha filha me atirou ao rosto!

— Querida, isto não é cena de novela! — declarou tia Ninota. — Você deveria ter previsto que a sua filha iria mesmo chamá-la de carrasco pelo que você lhe fez. Pior ainda: talvez, até, ela nunca a perdoe. Já pensou nessa possibilidade?

Outro choque! Dona Flávia estava em frangalhos. Mesmo assim, continuou de cabeça erguida.

— Estou lutando para fazer o melhor por ela! — respondeu.

— E o melhor é trancá-la no quarto com o coração aos pedaços?

— Isso há de passar. É para o bem dela!

— Engraçado como as pessoas têm certeza do que é melhor para os outros! — suspirou tia Ninota. — Todo mundo sabe resolver melhor os dramas de seu vizinho do que os seus próprios. Não é assombroso?

— Tia Ninota, seu cinismo está me irritando!

— Não, minha sobrinha, não é cinismo! É o desânimo que me faz reagir assim. Fico pasma ao ver sua segurança, dizendo que sabe o que é melhor ou pior para um coração que *não é* o seu! Flávia, escute: já é tempo de você compreender que você *não é* a sua filha! Lília nasceu de você, mas é outro corpo, outra alma, outro ser, outra vontade, outra época, outro mundo! Assim, como é que você pode dizer tão solene o que é melhor ou pior para ela? É a consciência de cada um que julga o que lhe é bom ou mau!

— Lília é uma jovem inexperiente, tem apenas dezesseis anos! — gritou dona Flávia. — E uma garota de dezesseis anos sabe lá o que quer da vida?

— Responda você mesma — falou a tia, coçando o nariz. — Quando você estava com quinze, começou o namoro com o *meu* sobrinho. Lembra-se de como a sua mãe não queria esse namoro? Meu sobrinho era pobre, nós sempre fomos pobres, graças a Deus! Mas o seu pai era gerente de banco, você era filha única, eles queriam um príncipe encantado para seu marido. Quanto à minha família, minha irmã também, apesar de pobre, não queria o namoro de vocês, porque achava que *você* ia estragar a vida do Rui. Ele ainda tinha de fazer a faculdade de medicina — eram duas famílias cabeçudas! E o que vocês fizeram? Teimaram, teimaram... e casaram-se! Naquela época, você tinha *só* quinze anos, Flávia. Um ano a menos do que a sua filha tem agora. E sua mãe *também dizia que você não sabia o que estava fazendo*!

Ouvindo aquilo, dona Flávia sentou-se.

— E quem é que escondia o namoro de vocês? — continuou tia Ninota. — Quem é que fingia não ver os encontros de vocês no jardim da casa dela? Quem é que vivia sem saber mais quantas mentiras inventar tanto para a sua mãe quanto para a minha irmã? Esquisito, queridinha! Sua memória pode ter-se esquecido dessas coisas, mas a minha não!

O silêncio continuava absoluto na sala. Atrás da porta, Alice até dava pulinhos ao ouvir a bronca que a patroa estava levando.

— Naquele tempo você achava que eu era a melhor tia do mundo — prosseguiu a tia. — Muito bem, naquele tempo eu pensava da *mesma* forma que penso hoje. E agora, passados apenas dezoito anos, você já não me considera mais tão maravilhosa e nem cuidadosa assim. Por quê? Só porque estou tratando a sua filha do mesmo modo que tratei você e porque acredito na responsabilidade dela?

Mãos sobre os joelhos, olhos para o chão, dona Flávia não respondia. Tia Ninota respirou fundo e colocou a mão no ombro da sobrinha.

— Flávia, querida, os pais precisam ser fortes. Eles devem ser como pedreiros que vão ajudando, dia a dia, a colocar mais um tijolo na edificação da personalidade de seus filhos. Não são atitudes como a sua que consertam o mundo. Não vê? Existe uma grita geral por aí, dizendo que não há mais diálogo entre pais e filhos. Dialogar não é só perguntar como vai o corpo, a escola, o estudo, se está precisando de dinheiro ou de gasolina para o automóvel. Dialogar é mais do que isso, Flávia... dialogar é a gente conversar com os olhos, com o coração. Aí, quando chega o momento certo, é que sabemos se o diálogo funcionou. Seu diálogo com a sua filha não funcionou. Alguma coisa está errada! Não sei de quem é a culpa. Pode até nem haver culpa. Mas não será com essa sua atitude radical que você conseguirá segurar o amor e o respeito de Lília!

Retirando a mão, a tia voltou-se para o médico:

— Estou cansada, falei demais. Você tem um quarto desocupado? É só por esta noite.

— Claro, titia! — respondeu Dr. Rui, levantando-se e pegando-a pelo braço. — Pedirei a Alice para arranjar tudo para a senhora.

Eles saíram. Dona Flávia continuou sentada, imóvel. A casa estava mergulhada no maior silêncio. Os minutos voavam, enquanto ela ia fazendo uma retrospectiva de sua vida.

Até que, de repente, levantou-se decidida. Parecia outra mulher, pois o rosto já não estava amargurado.

Ao contrário, os olhos brilhavam como se seu coração de adolescente voltasse a pulsar. Com passos firmes, atravessou a sala, subiu a escada e, sem hesitar, entrou no quarto da filha.

Segurando o fantoche de Gonzaga no colo, Lília estava recostada nos travesseiros. Uma grande ternura invadiu a alma de dona Flávia. Ela sentiu uma incrível vontade de pegar a filha no colo como se fosse um bebezinho que precisasse de sua proteção. Tinha vontade de dizer-lhe muitas coisas. Porém, em vez disso, simplesmente se dirigiu ao guarda-roupa. Dali, retirou a mala de viagem e colocou sobre uma cadeira. Abrindo a gaveta da cômoda, começou a tirar as roupas que foi acomodando na mala.

Lília não estava entendendo nada. A mãe continuava dobrando roupas.

— Mãe...

— Que é?

— O que você está fazendo?

A mãe encolheu os ombros.

— Estive conversando com seu pai e sua tia Ninota. Chegamos à conclusão de que você deve voltar a Ouro Preto para fazer, lá, o curso de magistério.

Ao ouvir isso, o rosto de Lília iluminou-se com o maior dos sorrisos.

— Estudar lá, m-mamãe? — e deu um salto. — Você concordou?

Aí, dona Flávia deu meia-volta e respondeu:

— Os filhos *pensam* que os pais são quadrados e que não entendem nada. Mas *eu* entendo, filha. Custou, mas agora entendo!

Estendendo os braços, convidou:

— Não quer me ajudar a preparar a *sua* mala?

30.

Em direção às terras das Minas Gerais

O movimento no aeroporto de Cumbica, naquela manhã de quarta-feira, era grande. A primeira a saltar do carro foi Lília — agarradíssima ao boneco do poeta da Inconfidência.

As malas foram levadas pelo transportador, marcaram-se as passagens e, enquanto não chegava a hora do voo, Lília, ansiosa, caminhava de um lado para o outro. Estava linda em um vestido cor de areia, de algodão e rendas, sandálias e bolsa combinando.

Finalmente, o voo foi anunciado. Eles dirigiram-se até a passagem para embarque, onde um funcionário uniformizado conferia os passageiros. Tia Ninota despediu-se e seguiu vagarosamente pelo corredor de vidro.

Depois foi a vez de Lília. Primeiro, ela dependurou-se no pescoço do pai e deu-lhe um beijo carinhoso.

— Não fique triste, papai! Vou telefonar todos os dias, prometo!

Depois, voltou-se para a mãe. Não sabia o que dizer. Não era fácil conversar com ela. Desde pequena, não conseguia penetrar no mundo bonito que a mãe tinha por dentro. — Também vou telefonar para você todos os dias, prometo! — e forçou um sorriso. — Não precisa ficar preocupada!

Dona Flávia segurou a emoção. A filha afastou-se até a escada onde parou por alguns momentos. Olhando para trás, deu uma corrida e também dependurou-se no pescoço da mãe:

— Oh, mamãe! Eu sempre gostei de você igual gosto do papai! O diabo é que você... nunca me deixava entrar no seu mundo!

— Eu sei, eu sei! — murmurou dona Flávia, com o rosto afundado nos cabelos da menina. — Mas agora as coisas estão diferentes... e eu também quero conversar com você *todos* os dias!

Desligando-se dos pais, Lília deu outra corrida e desapareceu de vista.

Naquele momento, dona Flávia sentiu a mão do marido amparando-a ternamente.

Eles subiram até o segundo pavimento do aeroporto, para verem o avião decolar. O ônibus amarelo estava contornando a pista. Pouco depois, estacionava ao lado da aeronave. Os passageiros começaram a apear. O médico e a esposa olharam ansiosos, até que viram as duas.

Os passageiros foram subindo até a aeronave pela escadinha de ferro. Quando estava lá no alto, Lília ainda olhou para trás, acenou com o fantoche e gritou:

— Eu amo vocês dois! Amo muito mesmo!

O vento não permitiu que os pais ouvissem aquela declaração. Mas o coração deles escutou.

— Nós também amamos muito você! — respondeu dona Flávia, atirando um beijo.

Em seguida, a porta do avião foi fechada.

Alguns minutos após, o jato descrevia uma lenta curva na pista, distanciando-se. Com um estrondo, a ave prateada passou rápida como um meteoro em frente ao edifício do aeroporto e levantou as rodas do solo. Em poucos minutos, desaparecia pelo céu azul, rumo ao sol, na direção das terras das Minas Gerais — a tão querida Ouro Preto!

Autor e obra

© ARQUIVO DO AUTOR

Bem na hora do batizado o padre ameaçou, enérgico: "Com nome de pagão eu não batizo! Só se juntarem José". Foi assim, sob pressão, que Ganymédes passou a ser também José. Felizmente a imposição do vigário junto à pia batismal não deixou sequelas, e o garoto pôde seguir sua brilhante trajetória sem que o acréscimo fosse um peso. "Daí eu virei substantivo composto", brincava ele.

Ganymédes José nasceu em Casa Branca, no interior de São Paulo, em 15 de maio de 1936. Formou-se professor em sua cidade, fez direito na PUC de Campinas e cursou letras na Faculdade de São José do Rio Pardo. Desde cedo começou a juntar coisas no coração: pedaços do mundo (sua cidade, por exemplo, cabia inteira), gente, muita gente, livros, músicas... "Gosto de paz, silêncio, plantas, animais, amigos, honestidade, escrever, música, alegria, fraternidade, compreensão...", escreveu certa vez.

Quando ainda estava no grupo escolar, surpreendeu a professora ao afirmar que seria escritor. Retornando à sua cidade, depois de formado, o menino escritor deixou de ser menino. E não parou mais de escrever. Datilografava só com três dedos, o que não o impediu de nos deixar mais de 150 obras. É livro para todos os gostos: mistério, humor, histórico, romântico, infantil, juvenil... Em todos, o mesmo fio condutor, a mesma energia vital: o amor à juventude. Teve obras premiadas pela Associação Paulista de Críticos de Arte (1975, melhor Livro Infantil) e pela Prefeitura de Belo Horizonte (1982, Prêmio Nacional de Literatura Infantil "João de Barro").

No dia 9 de julho de 1990, quando Ganymédes se preparava para o lançamento de *Uma luz no fim do túnel* — mais uma grande prova de amor ao jovem —, seu coração, aquele cheio de pessoas e coisas bonitas, parou repentinamente de bater. E tudo quanto ele amava levou embora, dentro do peito. Mas tudo em que acreditava ele deixou aqui, em seus livros.